現代文学短編作品集

しみじみ読むイギリス・アイルランド文学

松柏社

はじめに

小説なんかぜんぜん読みたくないな、と思うことがみなさんにもあるかもしれません。もういいや、お腹いっぱいだな、とか。それどころじゃないよ、とか。要するに頭が文学モードにならない気分。

でも逆にみなさんは、ああ小説が読みたい、何でもいいから「お話」が欲しい、クソ小説でいいから読ませろ、バカ、なんて思うこともあるのではないでしょうか。文学というのは生理的欲求なのだなとつくづく思います。文学とは身体が求める（あるいは求めない）ものなのです。

今、「つくづく」と言いましたが、この本のタイトルには「しみじみ」という言葉が入っています。「しみじみ」なんて意味わかんない！死語だ！と思う若い人もいるかもしれませんが、「つくづく」にしても「しみじみ」にしても、寒い日に温かいものを食べて身体の奥の方にじわっと届くような感じとでも言ったらいいでしょうか。どちらも、言葉にしにくいやわらかい部分のことを、「あれだよ、あれ」という風にぼんやり指す言葉です。

そうなのです。小説にしても、詩にしても、「あれだよ、あれ」というだけで、本当のことはなかなか教えてくれない。芝居や音楽とちがい、文学は言葉だけを頼りにこちらに働きかけてくるわけですが、それだけに、ふつうわたしたちが日常使っている言葉のような一対一の対応ですべてがきれいに説明されるわけではありません。ひとつのことを言うのに十の言葉を使ったり、逆にひとつの言葉で十、いや、百や千のことを表現したりもする。ただ、文学の不思議なのは、「あれだよ」と言われて、何だかよくわからないけど「うん、そうだ」と頷きたくなることがあるということです。

たぶんそこには目には見えない約束事のようなものがあるのでしょう。その約束事は変更可能であったり、時代によって少しずつ変化したりするけど、それがなくなってしまうと、わたしたちがお互いのことを信頼したり、何かを大切だ、と確信したりすることができなくなってしまう、それぐらい根本的な共有物なのです。言葉にはできないけど、そこにあると思える何か。この「あると思える」という感覚が摩耗したら、ちょっとヤバイのです。身体もそれを知っている。だからときどき、無性に「オレよ、小説が読みたいぞ」なんて信号が自分の中から出るのではないでしょうか。心が壊れる前に、ぴーっ、ぴーっ、と警報が鳴る。一度止めても鳴る。二度止めても鳴る。けっこうしぶといですよ。

本書に収めたのは現代のイギリスとアイルランドで書かれた小説や詩です。それぞれの訳者が自信を持って選んだ「しみじみ」ばかり。短い作品を中心にしたのは、いろいろなものを少しずつ味わってもらいたいからです。まずは一頁目、いや、一行目をながめてみてください。あ、これ、と思うものがあったら、きっとその作品はあなたをどこかに連れて行ってくれるはずです。

なお、本書がもしおもしろかったら、姉妹編『しみじみ読むアメリカ文学』もぜひ読みくらべてみてください。

阿部公彦

しみじみ読むイギリス・アイルランド文学　もくじ

誰かに話した方がいい

ベリル・ベインブリッジ

阿部公彦　訳・解説

意思疎通が大事だと言うくせに、うわっ面の話しかしない母親は、プライバシーを尊重すると言いながらあたしの日記を読んでいる。悩みは誰かに話した方がいいという母の勧めで、彼女の親友だという人物に会うことになるが……。

うちは会話があまりないのよね、とお母さんは言う。あなたが小さい頃はもっと話したもの。でも、だんだんとね、とのこと。進化したんだろうとあたしは思う。お母さんはすぐ、話、話って言う。はっきりわかるように、とか、意志疎通が大事、なんてことをしつこく。だけどそのお母さんが話すことときたら、上っ面だけで中味がない。たしかに言葉は明快だけど、心に響かない。どうでもいいようなことばっかりだ。ちゃんと洋服をかけておきなさいよ、とか、片づけしなさい、とか。そうでないときだって、せいぜい、地下鉄に乗るためにあげたお金で雑誌を買ったりするのは、道徳的にもとてもいけないことよ、なんてこと。だいたいお母さんだって、うちの生活費でタバコ買ってるわけだから。しかも、お父さんもお母さんも進歩派を気取ってるから、信頼とプライバシーは大切にしないといけない、なんて心にもない気持ち悪いこと言うし。まったくひどいよね。あの人たちが話しかけてくるのは、こっちの秘密をさぐるためだけだ。防衛手段はただひとつ。友達もみんなそうだって言ってる。つまり、黙ってること。そうしたらあの人たちはどうしようもない。「あなたのことを信じてるのよ……プライバシーは尊重するわ……あなたの日記を読むなんてありえない」そんなこと言って好きなようにやらせてくれる素振りを見せるけど、そうすると、何も悪いことなんかしてないのに、何とも言えない後ろめたい気分になってくる。まるで、わざわざ言わないで隠しておくことなんか、あたしたちにはないみたいじゃない。

実はお母さんはあたしの日記を読んでる。じゃなきゃ、どうしてあたしがウィリアム・ホーンビィと寝たってわかるの？　ほんとのこと言うと、お母さんがあたしのプライバシーを侵害したなんてどうでもいい。要するに、お母さんはヒマなんだ。料理して、洗濯機に汚れ物突っ込んだら、することなんか何もない。好奇心が湧いてくるのもしょうがないでしょ。それにあたしは、日記に本当のことなんか書かないし。ほとんどでっちあげばかり。どちらかと言えば、意志疎通ができないのはお母さんの方だと思う。信頼が大事とか言って構えちゃってるものだから、ぶつぶつ片づけのことで文句言うくらいで、あとは失語症気味。ほんとはあたしにもっと勉強しなさいって言いたいんだけど、無駄だってわかってるからね。学校は公立が良いって言ったのはそもそもお母さんだし。今じゃ、公立にこだわるなんて馬鹿馬鹿しいと思ってるみたいだけど、方針転換ってわけにもいかないから。お父さんも同じ。学校のことは、ほんとはお金がないのが最大の理由なのに。それにお金がどうにかなったとしても、あたしバカだから、どこにも入れやしない。もう遅いわ。どうでもいいのよ。ひとりじゃないから。あたしの友達だって、みんな落ちこぼればっかり。

お母さんはあたしとちゃんと話せないことでつくづく困ってる。この夏休みだって、一週間もおばさんの家に泊まりに行かされた。どうしてもウィリアム・ホーンビィから遠ざけたいみたい。もちろんお母さんが、はっきりそう言ったわけじゃない。でもあたしにはわかる。それからお母さんの友達でムーナって人がロンドンにいるんだけど、この人、離婚して元旦那の子供がひとりいる上に、誰の子供かわからない子がもう一人いる。うちのお母さんの基準からすると、たぶん、ちょっと進歩的すぎるんだけど、もう長年の知り合いみたいで、それから何を勘違いしたのか、このムーナとあたしは気が合うはずだってお母さんが思っちゃった。まあ、ムーナのこと、あたしは嫌いじゃない。害はないからね。クリスマスカードが、金隠しのついてない男の裸身像だったり、休暇先からのカードが水着姿の女だったりする。局部についていつも何か一言書いてあって、あたしはそれを集めて箱にいれてある。まあムーナっていうのはそういう人なんだけど、お母さんはこのムーナに手紙を書いておくから、おばさんの家にいる間に一度会ってみるようにって言った。「あなた、ムーナのこと好きでしょ」とお母さん。「ムーナとなら、話ができるんじゃない」あたしはどうでもよかった。どこにいても、退屈だし。どこ行ったたって、自分はついてくるわけだから。ウィリアム・ホーンビィなんて、しょうもない奴だったたってお母さんに言ってあげたら、わざわざ電車賃出してもらうこともなかったわけだけど、そういうことしたって何がどうなるわけでもない。面倒くさいだけ。

あたしがロンドンに出て間もなく、ムーナからおばさんの家に電話がかかってきて、あたしが呼ばれた。

「こんにちは、お花ちゃん」ムーナが言った。誰が相手でもそういう呼び方をするみたい。親愛の情を示してるつもりだ。「ねえ、うちに来ない？　お話しましょう。お母さんから手紙をもらったのよ。あなたに訊いて欲しいことがあるって」変な声だった。言葉の語尾を切るしゃべり方で、ちょっとしゃがれている。まるで癌にでもなりそうだ。

あたしはムーナに会いに行った。ムーナは棟続きになったテラスハウスの大きな家に住んでいる。玄関の扉にはノッカーがふたつ。ひとつはふつうの黒いノッカーだけど、もうひとつは真鍮《しんちゅう》でできたけばけばしいもので表面が変色している。ムーナはこういうところで茶目っ気を見せる。このノッカー、どお？とよく訊かれた。

「ちょっとたいへんなのよ」あたしに会うなりムーナは言った。居間にはいつからあるのかわからないくらい古いソファがあって、座ると天井まで濛々《もうもう》と埃が舞い上がった。ムーナは相変わらずだ。たいへんだなんて騒ぐのはいつものことだから。

「男のことなの」ムーナが言った。「変わった人でね。何考えてるか全然わかんない。きみのことが好きだ、と言ったかと思うと、やっぱり違うなんて。今日会いに行くからな、って言ってたくせに、来やしないし」

あたしはただ黙って聞いていればよかった。別に相手があたしじゃなくてもいいんだから。ムーナはタバコを持った手でしきりに首の脇を撫でていて、まるで喉を何かで締めつけられ、きつくて仕方ないとでもいう風だった。髪の毛が燃えちゃうよ、とあたしは思ったりした。

それから急にムーナはあたしに言った。「彼氏はできた？　ちゃんとした彼氏。ねえ、お花ちゃん。ママには絶対ナイショにしておくから」そんなこと言って、絶対しゃべるくせに。ムーナが黙っていられるわけがない。

「好きなの？」

「まあね」あたしは答えた。だいたい「ちゃんとした彼氏」ってどういう意味かわからない。

あたしはムーナを見つめ返し、何も言わなかった。

少し間をおいてから、ムーナはこんどは「いい人なの？」と言った。

「別に」とあたし。

どうも気になるみたいだった。あたしはムーナのタバコを一本手に取った。

「あなた、タバコ吸うの？」訊いてくる。

「まあね」と言った。

「あたしがあなたぐらいの頃ね」ムーナは勢いこんで話し始めた。「猛烈に好きな人がいたの。保険会社に勤めてた。名前だって覚えてる」ただ、すぐには思い出せないけど、と付け加えた。

「たしか……ジェラルド。ちがう、ジェラードよ。ジェラード・カー。年は結構いってた。変わった人だったわ。あなたの彼氏はいくつ？」

一九歳、と言っておいた。ほんとはあのすけべのウィリアム・ホーンビィは一六歳。まだ髭《ひげ》だって生えてない。

「若い子を好きになったことはなかった」ムーナが言う。「夢中になるのは、だいたいお父さんの友達なんかね。お尻をつねられたりしたの」そう言って、大きい声で笑った。「で、どういうこと話すの？」と訊いてくる。

「別に」あたしはソファの背もたれに頭をのせ、目を閉じた。眠かった。ムーナの言葉が聞こえる。「あなたのお母さんみたいな人が、あたしなんかと友達なのは不思議だと思うでしょ」

そんなことはなかった。お母さんだって、あたしに見せるのとは別の顔があるだろう。どうでもいい。あたしには関係ないからね。

誰かが部屋に入ってきた。ムーナの声が聞こえる。「あら、バーナード。ケイティを紹介するわ」

目を開けると、茶色い髪の大柄な男の人が立っていた。メガネをかけてたと思う。ムーナの家の間借り人だって。あたしのことは、昔からの大親友のアグネスの娘、と紹介した。「アグネスがね、娘が年頃になって、いろいろ心配してるから」と言った。「若い子はなかなか親とうまく話せないでしょ。ほんとにね。悩みを打ち明けるのは親以外の方がいいみたいなの」さも困ったことであるみたいにムーナは言う。とても心配している、という言い方だった。

ちょうどそのとき、扉をノックする音がした。ムーナは慌てて鏡の前に行き、髪を直すと、吸いかけのタバコを暖炉に投げ捨てた。急に我を失ったみたいになった。「どうしましょう」ムーナは低い声で言った。「あの人だわ」よろよろと絨毯の上に崩れ落ちる。

「しっかり」とバーナードが言った。乗馬学校の先生みたいな調子だ。

「もう」ムーナは泣き出していた。歯を食いしばりながらあたしの方を見て「若い頃はそんなに夢中にならなくていいのよ。おばさんになれば手に入るかもしれないんだから」と訴えるように言った。いったい何のことか、あたしにはさっぱりわからなかった。

それからムーナはバーナードの足首のあたりを掴んで、あたしを下の部屋に連れて行くように頼んだ。「ケイティの話を聞いてやって」お願いね、という口調。「あの人とふたりきりにして欲しいの」

「はいよ」バーナードが言い、あたしは後について下の部屋に行った。

ムーナが玄関で誰かと話してるのが聞こえる。ムーナは何キロも走ってきたみたいに息切れしていた。例の変わった人がやっぱり来たんだな、とあたしは思った。

バーナードもけっこう変わっていた。料理をつくってくれて、それからあたしはバーナードのベッドに寝ころんで雑誌を読んだ。どの雑誌にも裸の女の人の写真が載っている。音楽と足音とが上からうるさく聞こえてきた。

二日ほどしてムーナから電話がかかってきて、お昼を食べないかと言ってきた。あたしたちは骨付き肉とサラダとパンを食べた。パンはギリシャ風だそうだ。「バーナードはどうだった?」ムーナは興味津々で訊いてきた。

「よかったよ」

「いい人でしょ。あの下の部屋は一週間四五ポンドで貸してるのよ。バーナードはとてもきちんとしてる。奥さんいたんだけどね、まあ、いろいろあって。あたしたち、とても仲良しだけど、そういう関係になったことはないの……変でしょう？　親友なのよ」

親友はうちのお母さんじゃなかったのか、とあたしは思った。きっと親友がたくさんいるんだろう。知ったことじゃないけどね。

「このあいだ、どうなったと思う？」ムーナが訊いてきた。

「さあ」とあたし。

「例のあの変わった人ね、あの人と、レコードをかけてダンスをしたの。足音が聞こえなかった？」

「ううん」とあたしは答えた。

「あなたのこと、バーナードに押しつけちゃって悪かったわ。ただね、最近ちょっとうまくいってなかったから、あの人と話しておきたいことがあったの」ムーナは自分のタバコに火をつけたけど、あたしには勧めてくれなかった。「言いたいことをはっきり言うとすっきりする……あなたもそうじゃない？」ムーナはそう言ってあたしを見つめた。目が光っていた。涙でうるんでるのかも。「あなたにはまだわからないわ」ムーナは言った。「子供ができて、恋をして、それからね」

なんて妙なことを言うんだろうとあたしは思った。まず子供をつくって、それから恋をするわけ？　だいたい、ムーナは子供がいる感じが全然しない。子供はふたりとも、いつもディスコとかホップ摘みとかに行って留守だし。

「ねえ」ムーナが言った。「あなたのママはね、心配なのよ。あなたがどこまでいっちゃったのか」

あたしはムーナのタバコを勝手に一本取った。ムーナはそわそわしながら首の皮膚を引っ張っている。「だからね」ムーナが続けた。「しちゃったの？　どうなの？」

あたしは黙っていた。

「何のこと言ってるかわかるでしょ？」ムーナが訊いてくる。

あたしは肩をすくめてみせた。

「自分で訊けばいいのにねえ、あなたのお母さん」とムーナ。

「訊こうとしてたよ」あたしは言った。

「で、ほんとのこと言ったの？」

「まあね」とあたし。

だって、ムーナにもお母さんにも関係ないことじゃない。あたしだって、ムーナやお母さんが男と何してるかなんて訊きはしないんだから。お母さんには別に何もないだろうなと思う。お父さんがいるもんね。ほんとうはあたしとウィリアム・ホーンビィだって何もない。異常なし、ってやつ。ウィリアムの寝室で何時間もレコードを聴いたりはした。椅子に腰掛けてね。レコードを取り替えるときにウィリアムの手が震えてた。一度あたしのジャンパーに手をのせたことがあったけど、そのときはパンチしてやった。あたし、もうウィリアムのことを好きじゃない。ウィリアムは今じゃ頭を剃って、腕に入れ墨をしてる。

皿を洗っている間、ムーナは自分の彼氏のことを何か言ってたけど、あたしは聞いてなかった。詩集を買ってくれたとかなんとか、そういうこと。あの日はそのあと、彼氏とお出かけするための服を買ったらしい。その服をあたしに見せてくれた。いいんじゃない、とあたしは言った。それからまた、何を考えているのかわかんない、とムーナは彼氏について文句を言った。

ムーナがいそいそと身支度している間、あたしはベッドに寝っ転がっていた。あの人がタクシーをよこしてくれるそうだ。ムーナは風呂に入ってから、青いタオルを身体に捲いて出てきた。百歳くらいに見える。二の腕のあたりなんか、ぜんぜん締まりがない。用意を整えてしまうと、さて、あたしのことをどうしようとムーナは悩んだ。「途中までタクシーに乗せてあげるわよ」と言う。

「大丈夫」あたしは言った。「バーナードとおしゃべりしていくから」

ムーナが行ってしまうと、あたしはタバコを探した。どこにもない。引き出しを開けると、手紙が入っていた。男の人からで、きみのおっぱいをつまみたい、とか書いてある。下手くそな文章だった。あのすけべのウィリアム・ホーンビィのレベル。あたしは下の部屋に行った。

「おや、またきみか」バーナードは言った。

あたしはベッドに横たわった。まもなくバーナードも横になった。あたしに触りはしなかった。ただ横になって、手は伸ばしたまま。目を見開いて天井を見つめている。どこかから雨の音が聞こえてくる。雨樋《あまどい》を伝って水が流れ落ちている。車の音もしないし、カップのこすれる音とか、時計のチクタクいう音とかも聞こえない。まるで洞窟の中みたい。この世には他に誰もいない。バーナードさえもいなくて、あたしひとり。

嫌だった。バーナードにこんな風に黙っていられるのが嫌だった。タバコが欲しいと言うと、バーナードは首を横に振った。ない、ということなのか、あるけどくれない、ということなのかわからなかった。しばらくしてから、バーナードはあたしにキスした。そうくるだろうな、と思ってた。だいたいわかるものだ。アフターシェーヴローションの匂いがした。ウィリアム・ホーンビィによると、アフターシェーヴなんか使うのは、すけべだけだということだった。キスとキスの間に、何か言ったっていいのに、とあたしは思った。でもバーナードは何も言わなかった。言えばいいのに。前に映画館で声をかけてきた男。クリスマスのパーティで会った男。みんないろいろ訊いてきた。うるさくてしょうがなかった。いくつ、とか、あたしのことを根ほり葉ほり訊こうとする。あたしは無視したけど、少なくとも訊いてくるだけましじゃない。

バーナードとこんな風にしてこの部屋にいて、タバコも吸えないで、ただ黙っているのは嫌だった。行かなきゃ、とあたしは言った。

「はいよ」とバーナードは言った。

ムーナとはそれきりだった。家に帰ると、お母さんは自分では何も言わなかった。「ムーナから電話があったの。びっくりしたわ。ムーナのタバコを勝手に吸ったんですって？」

なんだ、ムーナはわかってたんだ。バーナードの方は何も言ってないだろうな。ふたりとも可哀想にね、とあたしは思う。あの人たちこそ、誰かに話さないと。

解説

「誰かに話した方がいい」は思春期の少女を語り手にした作品である。主人公のケイティはちょっと斜に構えている。勉強は嫌い。最近はじめて、男の子と付き合ってみた。タバコも吸い始めた。大人のすることをしてみたい年頃なのだ。でも、大人があれこれ詮索してくると、面倒くさくなって「別に」とか「まあね」とはぐらかす。母親としては何かと心配だ。どうやら男の子と付き合っているらしい。いったい何をやっているのか。そこで、男性経験が豊富な友人のムーナに相談すると、代わりにケイティと話してくれるという。

ストーリーの中心は、ケイティとムーナというこの世代の離れたふたりの女性の交流である。と言っても新しい発見や、わかりやすく感傷的な瞬間があるわけではない。むしろ、ふたりは深い交わりを持たずに終わる。ムーナは自分の男のことで手一杯。男性経験を語って聞かせ教訓を与えようとするが、ケイティの方は興味を持たない。お互いに関心のない者同士が、激しく衝突するわけでもなく、共感し合うわけでもなく、かするようにたいへん薄い接点を持った。作品はちょっと意地悪でコミカルな仕上がり。でも全体として見ると、はっとするほど生々しくイギリス中産階級の空気を伝えている。

男は出てくる。セックスのことは何度も言及され、ベッドに乗るとか、キスをされるといった場面もある。だが性行為はない。ここがいいところだ。思春期を迎えた少女の、性に対する嫌悪と、好奇心と、ほのかに芽生えつつある欲求とが、境界線を渡らない地点から描かれる。そこには性をめぐるもっと大人の問題（たとえばインポテンツ）もからんでいるのかもしれないが、視点はあくまで少女のもの。物語展開は地味だ。「感動」も封印されている。でも、細部の積み重ねとキャラクターの配置で、じわっと生活や人生がにおう。そういう種類のリアリズムである。

作者のベリル・ベインブリッジはリバプールの出身。もともとは女優だったが、後に小説家を志す。庶民の日常や心理を描く手腕には定評がある。代表作は『仕立て職人』など。クリミア戦争を背景にした『ご主人様ジョージ』などの歴史物もあるが、何よりユーモアと観察眼が売り物で、人間の持つ暗く醜悪な部分をどんどん暴いていく人である。

ベインブリッジが一九三四年生まれであることを考えると、作品背景がよりはっきりしてくる。青春期を過ごしたのは戦後すぐの五〇年代。復興の時代だ。つづく六〇年代はフィリップ・ラーキンの詩に「性交渉がはじまった」と歌われた時代。性の自由、女性の解放、因習の打破……時代を覆ったリベラルな空気の中で、つかの間、激しい楽天性と若者のエネルギーとが結びつき、さまざまな「革命」が夢見られた。七〇年代になると、こんどは世界的に「白け」とか「アパシー（無気力）」という言葉が流行する。「白け」はいつの時代も若者の有効な反抗装置だが、この時期の「白け」は六〇年代の妙な熱狂に対して、その後の世代が「は？」と抵抗する意味合いを持った。

六〇年代の元気で生意気な若者に対し、ラーキンやベインブリッジといった六〇年代以前の人々は「自分は早すぎた」という気持ちとともにある種の嫉妬や嫌悪を感じたりした。逆に七〇年代の若者は冷淡で、省エネ（まさにオイルショックの時代！）、現実的で利口、だから六〇年代の感動や熱狂の裏にあるナルシシズムや自己欺瞞に辟易した。「誰かに話した方がいい」の背後にも、こうした世代間の抗争の影が見える。

ベインブリッジの目は、せめぎ合う世代をしっかりととらえている。ケイティの両親は「学校は公立で十分」とか「信頼関係が大事」とリベラルなことを言ってみせる。ロンドンの高級テラスハウスに住むムーナは実は育ちがいいのか、「六〇年代」には乗り遅れたようにも見える。だから若い頃に取り逃がした何かを今さら追い求め、青春を謳歌しようと必死だ。奥さんに逃げられたバーナードは欲求不満気味で、人はいいのだが、女性とどう付き合っていいのかわからない。ケイティの視界の中で、年上の人物たちの、これから変わりようのない人生がたいへん重たく見える。

タイトルにもあるように、この作品の主題は会話である。ケイティにしてもムーナにしても、主要人物たちはどうも語彙が貧困だ。ケイティは何でも「すけべ」（creep）という形容で片づけようとする。ムーナのお得意は「変わってる」(odd)。それぞれ自分だけの狭い言葉の世界に籠城《ろうじょう》し、なかなか出てこない。言葉が動かないのだ。話そうよ、語り合おうよ、みんな、という六〇年代的な友愛と共感の思想は色褪せている。でも、そういう世界をベインブリッジは、まったくわざとらしくない明るさで描く。シャープで、スパイスが利いていて、意外に爽快な作品なのだ。

敷物

エドナ・オブライエン
遠藤不比人 訳・解説

ある日、包装された敷物が届いた。送り主はわからない。借金の返済に苦しむ一家に、明るい一条の光のようにしてあらわれた贈り物。母は複雑な気持ちながらも、あわい期待を抱く……。

真新しいリノリウムの床にひざまずいて、はじめてそのにおいをかぐ。深い、油のにおい。九歳のときこのにおいがわたしの記憶のなかにはじめて入り、そこで何かと結びついた。それがアマニ油のにおいであることをそれから知ったけど、いまでもこのにおいを不意にかいだりすると、少しばかり心が乱れて悲しくなることがある。

アイルランドの西にある農場の切り石造りの灰色の家でわたしは育った。この家を父は祖父から受け継いだ。父が生まれたのは低地の裕福な農家で、母は大きな湖の向こう側にある風が吹きすさぶ貧しい丘陵からここにお嫁に来た。子供の頃、家のまわりを少し行ったあたりにあるシャクナゲの――生い茂り、絡まり合い、牛がぶつかったところは折れていた――小さな森で遊んだ。門まで行く道にはくぼみがたくさんあったから、車を使えば何度も道からそれてはまた戻るという繰り返しになった。

家の外は手入れもされず、サワギクやアザミが咲き放題、でも家の中に一歩入るとみんなが驚いた。父は、納屋の屋根のスレートが滑り落ちたといって大騒ぎするのがせいぜい――けれど、一歩中に入れば、石造りのしっかりと守られた低地独特の家で、これは母の誇りであり喜びでもあった。いつもほこりひとつ落ちていなかった。いろいろなものであふれていた——家具、瀬戸物の犬、トビー・マグ、背の高い水差し、お皿、タペストリー……。四つある寝室の壁にはマリア様の絵、暖炉の上には金色の飾り棚。暖炉の中には紙の扇やチョコレートの箱のふた。飾り棚の上にもちゃんとたくさんの物が——蝋《ろう》でできた花やマリア様の像、壊れた目覚まし時計、貝殻、写真、柔らかくてまるい針刺しがいくつも——置いてあった。

父は馬鹿みたいに気前がよく、ほとんど病気といってよいほどの怠け者。九歳のわたしがあの素晴らしいにおいをはじめてかいだ年、父が借金の返済にとまた牧草地を売ったせいで、母は生まれてはじめてまとまった額のお金を手にした。

母は朝早くに出かけ、バスで街まで行き、その夏の日をずっと、リノリウムを探して歩きまわった。夕方帰ると母は、脚はハイヒールのせいで痛くなったけど、きれいな薄茶色にオレンジの四角の模様がついたリノリウムを買ってきた、と言った。

母が買ったリノリウムが四本に巻かれて門のところまで配達される日が来た。農場で働いているヒッキーが家まで運ぶために馬車を用意してくれた。わたしたちはみんなで見にいった。それくらい興奮していた。道のわきでたぶん餌をもらえると思ったのだろう、子牛が馬車の後をついてきた。子牛たちは押し合いながら、早足で馬車から離れてはまた戻ってきた。この日は暖かく静かで、車の音や隣の犬の鳴き声がずっと遠くまで響いた。門からの道に落ちている子牛の糞は茶色く乾燥してタバコの葉のようだった。

あの四本に巻かれたリノリウムを馬車にのせるのに、持ち上げては押し込む作業はほとんど母がやった。こうした力仕事をするために生まれてきたということを、母は幼いころから当たり前のことだと思っていた。

母はヒッキーにめんどりを何羽か売ってやる、とでも言って買収したのかもしれない。ヒッキーはあの晩リノリウムを床に敷くのを手伝ってくれた――いつもなら仕事が終わるとすぐに黒ビールを飲みに村へ出かけるところだ。母はもちろん新聞を捨てずに取っておき、下にたくさん古新聞を敷けば、リノリウムが長持ちするのよ、と言っていた。両手と両膝を床につき、一度だけ顔を上げ――その顔は紅潮し、喜びにあふれ、疲れていた――母は言った。「聞いてちょうだい、これじゃここはまだカーペットが見えるわよ」ドアや張出し窓や暖炉のところはリノリウムを切る前に大いに計算し議論しなくてはならない。ヒッキーは自分がいなければ母が台無しにしてしまうと言う。このようにてきぱきと話し合いをしているうちに、子供のわたしがもう寝る時間だということはすっかり忘れられていた。みんなが頑張っているというのに父はずっとキッチンのストーブのそばに座っていた。しばらくしてこちらに入ってくるなり、なんていう大仕事だ、と言った。大仕事だ、と。父はずっと頭が痛かったのだ。

次の日は土曜日だったはず。わたしは居間に座って午前中はずっとリノリウムをほれぼれして眺めていたのだから。においをかいだり、オレンジの四角の数を数えたりしていた。掃除はわたしがすることになった。陽の加減でブラインドの調節もした。陽に焼けてリノリウムの鮮やかな色が褪せてしまわないように。

外で犬がほえている。郵便屋さんが自転車でやってきたのだ。走って出てみると、とても大きな包みを抱えている。母は庭でめんどりの世話をしている。郵便屋さんが行ってしまうと、すぐに母のところに知らせにいった。

「包み？」母はめんどりの餌を入れる桶を洗っていた。めんどりは落ち着きなく動き回り、バケツに飛び込んでは飛び降り、母の手をしきりに突っついている。「干し草を結わく機械用の麻ひもが届いたんでしょ」「包み？　でも誰が送ってきたのかしら」母はいつも冷静だった。

わたしは母に報告した。消印はダブリンで――郵便屋さんがそう言っていたから――中には何か黒いウールのようなものが入っていると。包装紙の角が破けたので、恐る恐る指を入れてみたのだ。

家の近くまで来ると母は長い草の束で手をふいた。「もしかしたらアメリカにいる誰かがやっと思い出してくれたのかしら」母の数少ない夢のひとつは、アメリカに渡った親戚がわたしたちのことを忘れないでいてくれることだった。農場の建物は家から少し離れていたから、最後はすこしばかり走った。けれど、どんなに興奮していても、生来の几帳面な性格から母は包みのひもを一本ずつ丁寧にほどいて、それをまた一本ずつ結んでいった。後でまた使えるように。母はケチなひとではまったくなかったけれど、ひもや紙、ろうそくの残り、七面鳥の羽、いらなくなった薬の箱などを無駄にすることはなかった。

「まあ」母は感嘆の声をあげた。包装してあった紙の最後を折りたたんでいくと、そこにあったのは黒い羊皮の敷物だった。暖炉の前に敷くやつ。それを広げてみる。半月の形をした敷物がキッチンのテーブルを覆っている。母は言葉がなかった。本物の羊皮、厚くて柔らかくて高級な感じ。母は裏張りの出来を確かめ、裏に貼ってあるメーカーのラベルを調べ、もしかしたら手紙があるかもしれないからと言って茶色の包みのなかに手を入れてみたけれど、この贈り物がいったい誰からのものなのか、それを示すものは何も入っていなかった。

「メガネをもってきて」と母。ふたりで住所と消印を調べた。二日前にダブリンから送られている。「お父さんを呼んで」と母は命じた。リウマチで父は寝込んでいた。こんな敷物があろうがなかろうが、ベッドから起き上がるのに父は必ず四杯は紅茶を持ってこさせた。

黒くて大きな敷物をみんなで居間に運び、暖炉の前で新しいリノリウムの上に広げてみた。「最高じゃない、色の取り合わせが」母の言うように部屋の居心地が俄然よくなった。母は少し離れたところから驚嘆しながら敷物を眺めていたが、まだ納得しきれない感じもあった。母はいつも人生がうまくいくことを望んでいたけれども、ほんとうはどこか悲観的なひとだった。九歳のわたしでも母のこれまでの苦労を少しはわかっていたから、汗水流したわけでもないのに欲しいものが手に入ったのだからと、神に感謝の言葉を捧げた。母は丸顔で血色は悪く、独特の不安げで気が弱そうな微笑みをした。でも不安はすぐになくなり、母に笑みが戻った。それは母にとってもっとも幸せな日でもあった。母がもっとも幸福だったこの日を思い出すと、同時にわたしの知る母がもっとも不幸な日も思い出してしまう――そう、一年後に役所の人がこの家を差し押さえにやってきた日のことをどうしても思ってしまう。日曜日になると居心地がよくなった居間で紅茶を飲み、エプロンなどしないで、茶色の髪をくしできれいにとかした、くつろいだ美しい母、そうわたしは望んでいた。窓の外にはシャクナゲが、手入れもされずにところどころ折れ曲がっていたけれど、赤と紫の花を咲かせ、家の中ではあの深いにおいのするリノリウムに真新しい敷物が広がっている。母は突然わたしを抱きしめた。この幸せすべてがわたしのおかげであるかのようだった。めんどりの餌が母の両手で固まっていた。母の手はわたしがよく知っているあの餌のにおいがした。

それから数日のあいだ、敷物の送り主が誰なのか手がかりを見つけようと母はじっと考え、わたしたちにも考えさせた。母が何を欲しがっているのか知っているひとにちがいない――そうでなければ、どうしてちょうど母が欲しがっていたものを送ってくることができただろう？　母はあちらこちらに手紙を書いた。遠い親戚、友達、何年も会っていないひとにまで。

「あなたのお友達の誰かにちがいないわ」母は父によくそう言っていた。

「うん、うん、そうだろうよ。そりゃ、俺が元気な頃には、それなりの知り合いがたくさんいたからな」

父は見ず知らずのひとをよく家に連れてきては、お茶をごちそうしたりしていた。母が言っていたのは——もちろん、皮肉をこめてだけれど——そのひとたちのことだった。市が立ったり競馬がある日など、仕事もせずに門のところで過ごし、道行くひとと立ち話をはじめ、あまつさえ家にまで連れてきてお茶やゆで卵をごちそうするのが大好きな父だった。父は友達をつくる天才だった。

「そうだろうさ」敷物が自分のおかげということになって父はご満悦だ。

暖かい晩などにはわたしたち家族は暖炉のまわりに腰を下ろした——といっても暖炉に火がついているのを子供のころ見たことがなかったが——それもあの敷物を囲んで、フジオを聴きながら。時折、母と父はこのひとが敷物をくれたのかも、とまた別の人物を思い出したりしていた。一週間も経たないうちに母は十人以上のひとに手紙を出した——ダブリンに引っ越すというので、父がグレーハウンドの子犬をあげたら、大きくなったその犬がレースで優勝したという知り合いやら、聖職を剥奪され母に元気づけられてやっとのことで故郷に帰り家族に会うことができた司祭やら、父の金の時計を盗んでそれから姿を現さないマジシャン、結核の牛を売りつけておいて引き取りにこない農夫、そんなひとたちに母は手紙を書いた。

数週間後のこと。土曜日ごとに敷物は外でほこりを落とし、新しいリノリウムの床は磨かれた。ある日、いつもより学校から早く帰ってきて窓から家の中を見ると、母が敷物にひざまずいてお祈りをしている。そんな風に、それも昼間に、母がお祈りをしているのをわたしは見たことがなかった。じつは父が次の日に隣の州まで出かけることになっていた。安値で手に入るらしい馬を見に行くために、父は出かけることにしていた。母はもちろん、父が約束を守って一滴もお酒を飲まないことを祈っていた。もし飲んだら馬を買うどころか、ひどいことになって一週間は家に戻ってこないだろうから。

翌日、親戚のところに一泊してくる予定で、父は出かけた。父がいないあいだわたしは母といっしょに大きな真鍮《しんちゅう》のベッドで寝た。ふと目を覚ますとろうそくの火がついていて、母が急いでカーディガンを羽織ろうとしているところだった。「パパが帰ってきたの？」ちがうわ、と母は答えた。いろいろ考えごとをしてたら寝られなくなっちゃって。それにヒッキーに言っておかなきゃいけないことがあって、気になって眠れそうにないのよ、と言う。十二時前だったからヒッキーはまだ起きているかもしれない。暗い所にひとりでいるのはいや、と言ったが、母はもう階段をおりかけているところだった。わたしはベッドからとび起きて母のあとをついていった。暗くても時間がわかる時計を見たらあと一五分で一二時だった。階段の途中までおりると、母がヒッキーの部屋のドアノブを回しているのが見える。

ヒッキーがドアを開けるはずはない。ヒッキーはいつどんなときだって自分の部屋に誰も入れようとはせず、農場に行くときもドアの鍵を閉めているのだし、とわたしは思った。いつだったか、ヒッキーの部屋の窓によじ登ってみんなで中を覗いてみたら、あまりにひどい散らかりようで、せっかくの上等の背広は床に放り出されているし、シャツはバケツの汚い緑がかった水に浸かったまま、固まったバターミルクが入った缶やら、自転車のチェーン、壊れた聖心の像があるかと思えば、擦り切れて捻じ曲がったブーツが何足も脱ぎ捨てられている始末。だから母は二度とこの部屋には足を踏み入れたくないと言っていた。

「いったいなんですか？」とヒッキーが言ったかと思うと、ドサッ！という音。懐中電灯を探しているうちに何かにぶつかったにちがいない。

「あす晴れたら、芝を刈るわよ」と母。

「なんで知っていることをわざわざこんな時間に言いにきたんですか？」とヒッキーは呆れていた。芝の話ならお茶の時間にもうしていたはずだ。

「ドアを開けて。例の敷物のことで、わかったことがあるから」

ヒッキーはほんのすこしだけドアを開けた。「誰だったんです？」

「バリンズロウから来たあのひとたちよ」

「あのひとたち」と母が言ったのは、何年も前にうちに来たふたりの客——若い娘と茶色い長手袋をした年配の男のこと。このひとたちがうちに来た途端に、父は彼らの車でいっしょに出かけていった。一時間後に帰ってきたときの話から、父の友人の医者を訪ねていたことがわかった。娘の方は尼僧の妹で、この尼僧はわたしの姉たちがいる修道院で校長をしていた。この娘はずっと泣いていた。そのときか、そのあとかにわたしが想像したところでは、こんなに泣いていたのは子供ができたからで、だから父は知り合いの医者のところに連れて行き、妊娠を確認して、結婚をする準備をしていたらしい。彼女は自分の近所の医者に行くのはまずかったのだろう。父だってこの娘の姉の尼僧のために喜んで一肌脱いだはず、だって姉たちの授業料を父はいつもきちんと払えていたわけではなかったから。ママはお盆にのせてお茶を持ってきた。お客様用に刺繡をしたテーブルクロスとボーンチャイナのカップ、それといっしょにジャムやバターというものもてなし方ではなかった。このふたりが帰るとき母は冷たい表情で握手をした。罪深いひとのことを我慢ならなかったのである。

「それはそれはご親切なことで」ヒッキーは抜けた歯の間で息を吸い、鳥の鳴き声をまねた。

「またどうしてわかったんです?」

「ただの想像よ」

「なんですって!」ヒッキーはバタンとドアを閉めるとベッドにとびのった。ベッドのスプリングがきしむ音がした。

わたしの足が冷え切っていたこともあり、母はわたしを抱いて階段を上った。ヒッキーにはマナーのかけらもないのね、と言いながら。

次の日、父はお酒を飲まずに帰ってきた。母は父に例の話をすると、その晩に、尼僧に手紙を書いた。やがて返事が来たけれど——わたし宛に聖人が刻まれたメダルと修道士などが身につけるスカプラリオが同封されていた——尼僧も例の結婚した妹も敷物を贈っていないということだった。やはりあの泣いていた娘は長手袋の男と結婚したのだろう。

「人生最大の謎になるわ」と言いながら、母は敷物を叩いていたが、ほこりを避けて目を閉じて、結局は送り主がわからないとさじを投げていた。

でも一ヵ月後、母とわたしが二階でベッドのシーツを換えていると、裏の戸をノックする音がした。「急いで下に行って見てきてちょうだい」と母。

そこにいたのは父と同じ名前の村の男で、いつも何かを借りに来る人だった——ロバ、芝刈り機、ときには鋤《すき》までも。

「母さんはいるかい?」と男が言うので、階段を半分ほど上り、母を呼んだ。

「敷物を取りに来たんです」

「敷物ってなに?」母は生まれてはじめて嘘をつこうとしている、と思った。母は息が切れ、すこし紅潮していた。

「新品の敷物がここにあるそうで。それは、うちのやつです。女房の姉が何ヶ月も前に送ってよこしたんですが、まだ届いてないんですよ」

「なんの話かしら?」母はとても意地悪な言い方をした。この男は小心者で、お茶一杯入れてくれと妻に言うのが怖くて庭から声をかけるという噂があるくらいだった。だから母はこの気の弱い男は意地悪く言えば怖気づいて帰るとでも思っていたのだろう。

「郵便屋がある朝ここに配達して、このお嬢さんに渡したやつですよ」と言うと、この男はわたしを見てうなずいた。

「ああ、あれ」と母は言ったが、郵便屋がもう敷物について話しているのだとわかって呆然としている様子だ。そのとき、わずかな希望、というよりなりふり構わぬ何かに、母の心は捉われたにちがいない。だって、「その敷物は何色?」と尋ねていたのだから。

「黒い羊皮」と男は言った。

もうなんの疑いもない。母はすっかり落ち込んでしまった——肩も、おなかも、声も、何もかも。

「うちにあるわ」うわの空でそう言うと、母は玄関から居間に戻った。

「同じ名前ってこともあって、郵便屋がまちがえたんだね」と何も知らずに男はわたしに声をかけた。

母はここにいなさいとわたしに目くばせをして、男がついてこないようにしていた。敷物を使っていることを知られたくなかったのだ。

敷物は巻かれて真ん中をひもで結ばれて男に返された。男が門まで歩いて行くのをじっと見つめながら母は泣いていた。敷物がなくなったからではなくて——それはそれでショックだったけれど——自分に親切にしてくれるひとがいるなどと、愚かにも信じていたから、母は泣いていた。

「生きていくことは勉強ね」と母は言うと、いつものように、エプロンのひもをほどいてから、またゆっくりと几帳面に結び直した。さっきよりも固い結び目をつくって。

解説

エドナ・オブライエンは一九三二年にアイルランドに生まれた。その後はロンドン在住、旺盛な創作活動をする。まちがいなく、現在もっとも活躍しているアイルランドの女性作家のひとりである。性を大胆に描く作風でよく知られているが、この短編は、幼年時代の思い出がそのまま描かれた自伝的要素が強い作品となっている。

静かな信仰を持ち、ただ黙々と働き続ける語り手の母——彼女はどこかチェーホフの登場人物をわたしたちに思い出させないだろうか。苦労ばかりで報われることがなく、ひとから利用されてばかりいても、最後の審判の日に神様から「大変だったね」と言ってもらえることを心の支えに、その日その日を正直に勤勉に生きていくことを誓う「ワーニャ伯父さん」終幕のソーニャ……。この働き者の母親を見ると、ふと、そんな連想をしてしまう。

敷物を贈ってくれたのは誰なのか？　彼女の疑問をめぐって読者が垣間見るのは、ひとが良いだけの怠惰な父親と、それに頼った、あるいは利用した、一連のひとたちである。母親はつぎつぎとこのひとたちに手紙を書くことになるが、最後にわかるのは、夫の善意に感謝して敷物を贈ってくれるようなひとは誰ひとりいないという事実だった。救いのない情けなさ。作品最後の母親の涙の意味はそれに尽きる。それでも「人生は勉強ね」と娘に語り、エプロンを結び直す——エプロンは母の勤勉の象徴として娘の記憶に刻まれている——が、しかし、母の不幸はこれで終わらない、そのことを語り手は暗示している。母が誇りに思い隅々まで大切にしていた家が、父の借金のせいで差し押さえにあう。語り手が「母が一番不幸な日」と言うのはこの日のことであろう。母の勤勉、苦労が報われることはない。

働きのない父親と勤勉で苦労ばかりの母親、その傍らにいる幼い娘の感受性。ふたたび放恣な文学的連想をすれば、どこか太宰の女性一人称小説のあるものを思い起こさせなくもないこの作品においても——太宰の筆致と同じく——自分が生まれた家の細部を愛でる娘の視線と感覚は、母への愛着と重なっている。子供の感覚はみずみずしく、不思議でもある。真新しいリノリウムにひざまずき、それに鼻をあててにおいをかぐ。深い油のにおい。この感覚的な記憶は母の記憶——敷物をめぐる悲しい出来事——と結びつき、それに不意打ちされると成人した語り手の心をさえいまも動かす。

作品の舞台がアイルランドということもあり、語り手の記憶に残るもののいくつかはカトリックに関連するものである。注釈を要するものとしては、スカプラリオ（scapular）があるだろう。本来は修道士の肩衣であったものだが、一般信者が信仰のために身につけるように改良されたもので、いくつかの布をリボンで結び、首の前後にさげるものである。聖心の像（Sacred Heart）とはイエスの心臓のことで、十字架上のイエスが心臓を槍で刺し貫かれたことから、それが人間への愛を意味することになり、信仰の対象となっている。

召命《しょうめい》だったはずなのに

モイ・マクローリー
片山亜紀　訳・解説

召命とは神様からいつか聞こえてくるという御言葉のこと。修道会の附属高校で学ぶ「わたし」は内心、召命を恐れている……。

「神様があなたをお呼びになったら、拒むことはできません」シスター・マーシーはきっぱりとそう告げたので、わたしたちはギクリとした。

シスターは教室の前のほうに立っていた。窓を背にしていたから眩しくて表情が見えなかったけれど、微笑んでいるのはわかった。

「神様は、わたしどもがお声に気づくのをじっと待っていらっしゃいます。気づいたら、それまでのあなたではいられません」

この召命というものがある日どこからともなくわたしの心に降りてきて、砂粒みたいに食いこんで取れなくなるのかと思うと、わたしは怖くなった。

「どなたが清らかな心の持ち主で、その心を差し出す準備ができているのか、神様はいまこのときも見極めようとされておいでです」

どの子も決まり悪そうにそわそわした。見上げているわたしたちの顔を眺めながら、シスターは自分の言葉が効果を挙げていることに満足げだった。一例ですと言って、彼女はお金持ちの若いお嬢さんの話をした。そのお嬢さんはいつも笑っていて、どこにでもエスコートしてくれる若い男の人が何人もいて、大邸宅のあちこちの部屋にはシャンデリアが下がり、庭には湖があったという。

「わたし、見たことある。こないだの夜、テレビでやってた」ナンシー・ライアンズがわたしに囁いた。

「そういう素敵なものに囲まれた生活で、甘やかされていました。お金持ちのお父様は、娘の願いを何でも叶えてあげたのです。みなさん、このお嬢さんが幸せだったと思いますか？」

「幸せに決まっててんじゃない」ナンシーはそう声を上げたけれど、教室のほかの信心深いみんなは首を横に振った。

シスターは胸の前で骨ばった両手を組み合わせ、爪先立ちをした。まるで、つねに逃れていってしまうものを胸いっぱいに受け止めようとするみたいに。

「彼女の心はむなしかったのです」

シスターの話では、お嬢さんは神様のお声に抵抗したけれど、最後には一生を捧げてようやく幸せになれると悟ったという。湖のほとりに立ち、キリスト様、わたしの人生にお入りくださいとお願いしたのだそうだ。

「この方はわたしども修道女の一人で、この修道院にいらっしゃいます。もちろんどのシスターかを申し上げるわけにはいきませんけれど。でも、みなさんはわたしどもが生まれたときから修道女だったように思われるかもしれませんが、わたしどももかつてはみなさんと同じように若く、一生を神様に捧げようなんて思っていませんでした」

　しんと静まり返った。わたしたちは彼女の頭の背後をじっと睨んだ。

「ああシスター、美しいお話ですわ」とだれかが言った。ナンシーはあきれ顔で天を仰いだ。太っちょで退屈なビアトリス、いつも教室の最前列に座るあの子がいかにも好みそうな話だ。すごく頭が鈍くて、すごくよい子ぶっている。ビアトリスはクラスでいちばん人気がなく、告げ口屋で、いつも宿題を真っ先に提出した。ミニスカートが流行しているのに、禁欲的なまでに制服をいじろうとはしなかった。下校のとき、スカートの丈が短すぎますよと叱られないのは、学校でも彼女くらいだっただろう。わたしたちがウエストでスカートを折り返そうと躍起になっているのに、ビアトリスはいつも丸っこい膝小僧から優に五センチは下までスカートを垂らしていたので、まるでセピア色の靄のかかった古い写真の中でいまが盛りとポーズを決めている、昔の女の子みたいに見えた。

　ナンシーは顔をしかめた。

「でも、お金持ちのお父様は怒らなかったのでしょうか?」とだれかが質問して、シスター・マーシーは頷いた。

「うちの父さんだったら殺されちゃう。うちの親はわたしを学校にだってやりたくない。母さんは、わたしに稼ぎがないから家族は損をしているって、いっつもわたしに言うんだ」

「ナンシー・ライアンズさん、何かおっしゃりたいことがあるのかしら」シスターの厳しい声が飛んだ。

「いいえシスター、ただ大変な犠牲だったでしょうねって言ったんです」

「ええ、そうです、大変な犠牲でした」

でも、本人が犠牲になるだけじゃない。まわりのみんなが悩まねばならない。わたしの近所には、いちばん上の娘さんがカルメル修道会に入ったせいで立ち直れなくなったおばさんがいる。ロディおばさんの娘さんは修道会附属学校の先生になった。おばさんが取り乱した原因は、娘さんが孫を産んでくれないという事実よりも、経済的なことだった。修道女の稼ぎはすべて修道会のものになってしまう。ロディおばさんはよく両手を揉みしだいていた。

「あの金はあたしのもんだよ」と、おばさんはそう叫んだものだった。「あの子にずうっと食べさせて、服を着せてやったんだ。教会にはなんの権利もないよ！」

その後、娘さんはおかしくなった。修道会が一週間の休暇ですと彼女を送り返してきたとき、わたしたちはちょっと変だなと思ったけれど、それはちょうど修道会が規則を緩和しようとしていたときだった。街で見かける修道女たちのスカートも、舗道すれすれではなくふくらはぎくらいの丈になり、歩きやすそうだった。

その一週間のうちに、娘さんは新しい頭巾を被るからと言って、従姉に頼んで髪にパーマをかけてもらった。娘さんは従姉に向かって、パーマをかけてもいいの、だって頭巾から前髪を出してもいいことになったから、修道女もちゃんと髪型を整えないといけないの、と言った。そして彼女は毎晩、家族に喜びの玄義を唱えさせた。

「ねえマックさん、デルシアが戻ってきてお祈りばっかりで疲れちゃった」おばさんはわたしの母さんと道でさっとすれちがうとき、よくそうぼやいた。その間も、娘さんはだれにともなく「神様のご加護がありますように」と言い、曖昧な微笑を振りまいた。

でも家の中で、娘さんはおばさんの口紅を借りた。おばさんが第二次世界大戦前から持っている真っ赤な口紅だ。娘さんが時代遅れの真っ赤な唇でロザリオをたぐってお祈りを唱えるのを見て、家族も少し行きすぎじゃないかと思うようになった。娘さんのせいで、家族は気が狂いそうになった。彼女は癇癪を起こし、バタンとドアを叩きつけるようになったのだ。それから娘さんが外でネッシー・モランにバイクに乗せてよと頼んでいるところが目撃された。修道会に入るには若すぎたんだよと、みんなが言った。その一週間のうちに、娘さんは一〇代の子がやりそうなあらゆることをこなした。一週間が経ち、家族は彼女を修道会に送り返してほっとした。

おばさんは修道女を嫌った。神父のことは、その半分くらいしか気にしなかったけれど。

「少なくとも神父様は人間だよ」と、おばさんは言った。「ま、半人前だけどさ。修道女は人間じゃない。ちゃんとした女でもない。母親になるっていうのがどういうことかわからないし、教会でも偉くなれない。次の法王になったりはしない。ミサだってできない。なんの取り柄《え》があるんだい？　頭打ちになって、何にもなれないじゃないか。キリストの花嫁だって！　反吐《へど》が出るよ。料理とか掃除とか家の切り盛りとかで、タダ働きさせてみればいい。キリスト様と結婚するほうが、うちのぐうたら亭主と結婚するよりよっぽど楽な暮らしだよ」

それでも、教区の若い神父はおばさんのお気に入りだった。北アイルランドのアントリム出身、ハンサムで初々しい顔立ちの男の人で、教区のクラブでみんなに混じってお酒を飲む人だ。

「だってあの人となら笑って話せるだろ」と、おばさんは言った。「でもあの偉そうな連中ってば、聖ウルスラ修道院でお高く澄ましているだけじゃないか。あの連中はあたしらと変わらないよ。あたしは女だから、連中が何を考えているのかわかる。連中はちがわないよ。あいつらは噂話が大好きな、不自然な連中だ。うちのかわいそうなデルシアが、修道会であいつらといっしょにいた挙句、どうなったかをごらん」

それから、修道会はデルシアさんのお世話はご家族でなさってくださいと言って、彼女を送り返してきた。ストレスと疲労を理由とする長期休暇、ということだった。

「あいつらがうちの子を使いこんで、あとはいらないからわたしにくれるんだってさ。でもあの子がなんの役に立つ？　自分の面倒だって見切れないいんだ。紅茶の一杯だって淹れられない。修道会があの子を引き取らないって言うんなら、どうやってあの子は食べていけばいいんだい？　マックさん、あたしは死にそうだよ、あの子をどうしたらいいんだろう」

母さんは同情して舌を打ち、頷いて、そして家に入った。

「残念だよ。あの子はかわいそうに、どんな生活をさせられたんだろう？」うちで母さんはそう言って、この悲劇に頭を振るのだった。

「いまはおかしくなっちゃったけど、あの子は学校ではよくやってたんだよ。お母さんもお父さんも何かできる子になるって思っていたのに、修道院にいられないんなら、あの子は使い物にならないよ」

夕方になると、ロディおばさんが「うちに入りな！」と叫ぶ声が聞こえた。しまいに修道会は彼女を療養所に入れて、それからわたしたちは彼女の話を聞かなくなった。でもロディおばさんは、道を修道女が歩いてこようものなら、いつも道の反対側に渡って修道女を避けた。一度、ルイス百貨店の外で、クララ修道会のシスターがおばさんに集金箱を差し出し、ご寄付をお願いしますと言ったことがあった。ロディおばさんは集金箱を奪い取ろうとして、箱は毛虫をつつく鳥みたいに前後に揺れた。シスターが頑として箱を離さなかったからというより、ゴムバンドで箱が手首に結びつけてあったせいで、教会の富を再分配してやろうというおばさんの試みは未遂に終わった。

「やつらはハゲタカみたいだ」と、おばさんはつねづね言っていた。「あたしらの体から何かもぎ取ってやろうと待ちかまえてる。身ぐるみ剥がしてようやく満足するんだろ。財布のヒモはしっかり握っておかないとね！」

日曜の献金のとき、おばさんは口をきっと結んでいたし、ミサの侍者《じしゃ》もおばさんに献金皿を回すような愚かな真似はしなかった。

「召命だったはずなのにな」というのが、父さんがデルシア・ロディを評する言葉だった。父さんは首を横に大きく振って、「残念だな」とか「もったいないな」などとつぶやくのだった。デルシア・ロディの悩める魂に、父さんは熱く同情した。ちょうどこの頃、わたしも悩んでいた。父さんはちっとも同情してくれなかったけれど。

シスター・マーシーの言葉は、膝小僧の擦り傷に紛れこんだ砂利みたいにチクチクした。夜な夜な「神様のお計らいには抗《あらが》えません」という彼女の声が聞こえ、わたしはどうか神様、お計らいはご自分の胸にそっとしまっておいてくださいと祈った。

「あなたがたは、お召しくださいと祈らなくてはなりません」とシスターは言った。

わたしは歯を食いしばって、どうかマリア様、お助けくださいと祈った。

「ロディさんの娘さんよりひどいことになるかもしれません」と、わたしはすごんだ。「娘さんだって相当な恥さらしだったじゃないですか」それからW・B・イェーツの墓碑銘をなぞり、暗がりを指差して「馬上の方よ、去りたまえ！」と促したりもした。

それは旧約聖書の話とあべこべだった。イスラエルの選ばれし人々は、家の戸柱に子羊の血を塗りつけて、死の天使よ通りすぎてください、神様のお計らいが実現するまで生かしておいてくださいと祈ったけれど、わたしの願いは神様のお計らいに素通りしていただくことだった。

「わたしどもは神様がご意志を叶えるための道具なのです」と、シスター・マーシーはわたしたちに告げたけれど、わたしは道具なんかになりたくない。

神様にちょっとでも分別があればわたしをほしがったりはしないはず、それはわかっていたけれど、それでもシスター・マーシーには怖い思いをさせられた。修道会に入りたいと願っていたのはビアトリスで、この前の勉強会でも学習グループのみんなの前に立ち、わたしは一生をキリスト様に捧げようと思っていますと宣言した。

「いいんじゃない、ほかにはなんのお呼びもかかんないだろうし」とはナンシーの言。

でも、シスター・マーシーは思いがけない人にお召しがあるものですと言い、まるで読心術師がだれを壇上に引っ張り上げようかと選んでいるみたいに教室を見回した。

わたしは修道院が怖かった。召命はまるでデパートの警備員みたいに、わたしの影につきまとった。いつか飛びかかって来て、わたしは敬虔な生活にがっちり嵌めこまれ、自分の意思よりも大きなご意志に呑みこまれてしまうかもしれない。天上の飽くことを知らない食欲が、ありとあらゆる生命をまるでニワトリの足みたいにしゃぶり尽くそうとする。わたしが怖かったのは、毎日が同じことの繰り返しで、背後の門は閉ざされ、すべての逃げ道が塞がれた場所で自分が一生を終えるのかもしれないということだった。自分の将来にこれといって野望があるわけではなかったけれど、死ぬことが最大の魅力という生き方を喜んで引き受けたいとは思えなかった。わたしは神様の呼ぶ声を聞くのが怖かった。

「神様は何年でもお待ちになります。辛抱強くていらっしゃるんです」

わたしは神様に諦めてもらわねばならないと決心した。それもすっぱりと。

港に面したピア・ヘッドには、ハトが何千羽と群がった。ハトが灰色の羽毛布団みたいに一斉に舞い上がると、ライバ・ビルも霞んでしまった。わたしはハトが怖かった、その恐怖がどこから来るのかはわからなかったけれど。カモメはハトの二倍は大きいのに無害で、わたしの周囲を舞い、バーケンヘッド行きのフェリーのあとを追い、昇降用の板にパタパタと降り立っては息を整える。啼き声はつんざくようだったけれど、わたしが心乱されることはない。それなのにハミルトン・スクエアに行き、街のハトが少しでも群れて待ちかまえているのを見ると、わたしの心臓はパニックを起こしてドキドキするのだった。ハトの群れは飛び去ったあと、どこにもかしこにもネバネバしたものを残していく。建設中のビルの御影石と同じ色の糞だ。コクコクと頷き、目の端でわたしを追う。小ぶりの鳥が行く手を阻めば突き飛ばし、仲間どうしでパンを奪い合う。争ってばかりの喧嘩好きな連中、士気が緩んでだらけた軍隊みたいになったこの連中は、日がな一日することもなくピア・ヘッドを歩き回り、プリンセス・パークまでわたしを追いかけてはわたしの生活を惨めにする。

一度、バスに乗ろうと道を渡っていたら、ハトが立て続けに舞い上がったことがあった。わたしは両手で頭を覆った。そのうちの一羽がもしも顔に触れたら、というのが最大の恐怖だったたからだ。ガサついた羽根のハトたち、病気で膨れ上がった空飛ぶ害毒が、どうせお前たちはみな死ぬのだと言わんばかりに生命保険会社のビルのまわりで群れている。その中の一羽に触れること以上にゾッとすることなど考えられなかった。

その頃、何千羽ものハトの下に生き埋めになるという悪夢にうなされた。あの変わったクゥクゥという啼き声を上げながら、ゆっくりわたしを窒息させていくのだ。わたしの肉体の発する熱を求め、ハトの連中はわたしの上にぬくぬくと居座り、太って脂ぎった体を脈打たせ、膨らませる。この暑苦しくて嫌な匂いのする一群の下敷きになったわたしは、叫ぶこともできない。口を開けば埃っぽい羽根がいっぱいに入りこむ。

そしてわたしの悪夢は変化した。もう一つの要素が夢に入ってきた。ハトの連中に混じって忍び寄ってくる恐ろしげな物体があった。それは召命だった。召命はさまざまな色、茶色と白、黒と白、ベージュ、まだら、灰色と薄茶色などに分かれ、さまざまな修道会のさまざまな衣になってわたしのまわりではためき、ハトの連中を追い出した。衣たちはラテン語の言葉を唱えたり聖歌を歌ったりしながら、鍵爪のついた指を銀行の窓口係みたいに擦り合わせた。その夢で大きく変化したのは、衣たちはハトとちがい、わたしを窒息させようとはせず、むしろゆっくり後退していって、わたしを大きな空っぽのスペースに置き去りにするというところだった。そこは最初バスターミナルみたいだと思ったけれど、ナンシー・ライアンズに言わせれば、これからの人生についてのわたしのイメージらしかった。

ナンシーのお姉さんはお茶の葉占いに凝っていて、夢にとても興味を持っていた。ナンシーはお姉さんから本を借りてきた。

「ここにあるよ、水の夢は誕生を意味するって書いてある」

「わたしはハトの夢を見て、それから修道女の夢を見たんだけど」

「うん、でもピア・ヘッドに行ったたって言ったよね、そしたら水際だよ」

「ピア・ヘッドだったかわかんない」

「え、きっとピア・ヘッドだよ。ほかにハトがたくさん集まるとこなんてないからさ」ナンシーは現実家だった。「水は誕生を意味するんだって」と、彼女は自信ありげに繰り返した。「あんたのお母さん、妊娠するんだと思う」

それはないとわたしにはわかっていた。お前がわたしの最後の子だよと、母さんは口を酸っぱくして言っていたから。でもナンシーは引き下がらなかった。その本は修道女については何も書いていなかったので、彼女は水にこだわり、大きな空っぽのスペースというのはわたしの将来のことだと主張した。

「シスターについていいくらいいしか、あんたにはお呼びがかかんないのよ」と彼女。

召命が怖かったのは、信仰がなかったからではない。わたしはあり余るほどの信仰に悩まされていた。信仰はわたしを取り巻き、一挙手一投足を監視し、裁きを下した。わたしは失敗した哀れな罪びとで、自分でもその事実を認めてはいたけれど、その罪滅ぼしをしたいとは思わなかった。罪滅ぼしのためには空っぽの将来を送るしかないと思っていて、そんな空っぽの将来は嫌だったのだ。わたしの夢解釈はナンシーの解釈とちがっていた。

この頃、わたしは街のデリカテッセンで土曜日にアルバイトをしていた。加工肉カウンターの担当だった。女の子はだれもベーコン・スライサーに触れてはいけなかった。ミスタ・コルダブレイスだけが触っていいのだった。白衣を着て、スライサーの目盛りを調節している姿を見ると、自分のことを技師になったとでも思っていたにちがいない。彼はすっかり没頭しているという顔つきで、何時間もかけて金属のプレートを外し、ボルトやネジを磨くのだった。

彼の頭は禿げかけていたけれど、残っていた黒髪をやたらと伸ばして頭頂部に撫でつけ、髪がまだあるみたいに見せかけていた。仕事が終わればカツラを被るから、日曜にすれちがってもだれなのかわかんない、と言う子もいた。

彼は自分が店長であるかのようなふりをした。カウンターにやってきて、万事問題ないでしょうかと客に慇懃に尋ねるのだった。そして売り子の対応が遅いと、ぼくが新入りを慣らそうとしているところでして、などと言うのだった。

「だれを騙せるって思っているんだろうね！」ある朝、彼がカウンター越しに客と会話を交わしたあとで、エルジーはそう言った。「自分の靴だって履き慣らせないくせに」

まさに靴は問題だった。一日中立ちっぱなしなので、最後にその日の売り上げを勘定する頃になると、わたしの足は決まって痛み出した。わたしはいつもピア・ヘッドを五時半頃に出るバスに乗ることにしていたけれど、それはカウンターのガラス拭きとレジの計算が間に合えばの話だった。店長も上級スタッフも、ちょろまかされるのではないかとピリピリしていた。売り上げの勘定はきっちり軍隊式にしないといけない。ベルが鳴るまでわたしたちは身動きしてはならず、そのあいだ副店長が、押し黙ったわたしたちから順々にお金を集めていった。

店長はガラス張りの事務室の奥で高いスツールに座り、あちこちに貼りつけた鏡でわたしたちを監視した。もしだれかがくしゃみをしたりして流れを乱したら、別のベルが鳴り、わたしたちはレジの引き出しをすぐに閉じなくてはならない。そして店長は拡声器で「四番カウンターに混乱発生」などと叫ぶ。とんでもなく長い時間がかかることもあった。

従業員はみんな嘘つきだと、わたしたちはしょっちゅう聞かされていた。店長、副店長、ミスタ・コルダブレイス、上級スタッフは別で、店頭の売り子たち、とくに土曜だけのアルバイトはみんな嘘つきだと言いたいらしかった。だってみなさん、ほかの人に比べると失うものが少ないですし、みなさん「夜逃げ」しかねませんからねえと、店長はわたしたちにニヤリと笑いかけながら言うのだった。

盗みたくなるものなんて、何もなかったけれど。大陸風の加工肉とか、強烈な匂いを放っている変なチーズ、カビが生えていれば生えているほどいいようなシロモノばかりだった。

「あっちで売ってるパン、見てきた？」ある土曜日、エルジーがわたしに言った。

「上にネズミの糞が乗っかっているみたいなやつ？」

それでも街中の人々がやってきて、買い物をするのだった。

ある土曜の夕方、わたしは五時半のバスを逃し、次のバスを待っていた。足が痛かった。店長が座らせてくれなかったせいだ。客がその辺に一人もいなくても、気をつけをして立っていなくてはならなかった。暇なとき、わたしはエルジーと交代で、木のカウンターの下に隠れて床に座りこんだ。ミスタ・コルダブレイスがいるときは、二人でまっすぐ立った。彼は客の注文を受けるのが嫌いだった。

レバーソーセージを百グラムくださいと言われると、「こちらのご婦人の注文をお受けして」などと言うのだった。

わたしは間違った靴を履いてきてしまった。ヒールのある靴だった。平日は履きやすい茶色の紐靴を履いていたのに、週末になって、パッと見ただけでは「女子学生」とわからない靴を履いてみたくなったのだ。でも母さんが正しかった。わたしは足を引きずっていた。

数分後、わたしはバス停の手すりに寄りかかって、靴を片方蹴り飛ばした。足先はむくんで赤くなっていた。蹴り飛ばした靴をもう一度履いて、今度はもう一方を蹴り飛ばした。まっすぐ溝に入ってしまった。わたしがそこまでぴょんぴょん跳んで行こうとするより早く、猫くらいの大きさのハトがパタパタと舞い降り、行く手に立ち塞がった。ハトはわたしを見たあとで、ゆっくり靴に向かって歩き始めた。わたしは硬直し、手すりをぎゅっと握って、片足を地面につかないように浮かせているのがやっとだった。するとハトはぴょんと跳ね、まるでメンドリが巣に入るように靴の中に収まってしまった。クゥクゥとやりだした。わたしは冷や汗をかき始めた。靴をハトから取り返せないだろうし、もし取り返せたとしても、あのおぞましい生き物が座りこんだあとでは足を入れられそうにない。わたしは追い詰められた。するとわたしが怖がっているのを察したとでもいうように、ハトはにわかにわたしめがけて舞い上がり、翼でわたしの顔をかすめ、それからくるっと旋回して舞い戻り、元の靴の中に収まった。もう待てない。靴なんかくれてやる。わたしはぴょんぴょん跳んでバス停を離れ、タクシー乗り場へと足を引きずった。家に帰るタクシー代くらいはある。今日一日働いた分がふいになってしまうし、夜の外出もできなくなるけれど、かまうものか。タクシーなら、靴がなくても家の玄関まで乗りつけてくれるし、あのハトから引き離してもらえる。

するとそのとき、心が何かいたずらをしているのかと思ったのだけれど、何かが三体、そよ風に吹かれ、ヴェールをたなびかせているのが見えた。ピア・ヘッドは風が強いので、宙に浮いているみたいだった。三体は少しずつ大きくなった。たしかに飛んでいる。もうすぐわたしの頭上に飛んできそう。神様が徴《しるし》を見せてくださっている。わたしの夢の中に長いこと出てきていた召命が、とうとう降りてこようとしている。物言わぬ三体、父と子と精霊のように神秘的なその三体は、バスターミナルのアスファルトの上をやってきた。その三体から、わたしは目を離せなかった。まるでハトが胸を膨らませて偉そうに見せるみたいに、三体は膨みつつあるようだった。どんどん太って丸くなって、茶色と白の風船みたいになった。カルメル修道会だ。ここにはいられない。逃げないと。まわりの人がよける中、わたしは芝生の縁まで足を引きずった。縁のコンクリートのところで転び、足首を打った。手をついて体を支えようとすると、ゴミをつついていた鳥たちが目の前で舞い上がり、白い空がくるっと旋回して、ほんの一瞬だけ鳥たちといっしょに飛んでいる気がしたけれど、次の瞬間にはひっくり返っていた。それから頭を起こすと目の前に茶色の紙袋があり、すごくおなじみの脂ぎった加工肉の匂いがした。

「きみ、何か困っているんだろ?」

ミスタ・コルダブレイスの声がして、わたしは怖くて固まった状態から抜け出した。頭を持ち上げ、訝《いぶか》しそうにこちらを見ている目を見た。

「一体どうした? ちゃんと歩けないのか? おや、靴はどうしたんだ? 何か事故に巻きこまれたのか?」彼は背を伸ばし、しきりにあたりを見回した。

「だれにやられたんだ」と、彼は畳み掛けた。「玄関の鍵は取られていないか、確かめたほうがいい」

わたしは体を起こして片方の膝をつき、言われたとおりにバッグを開けた。何もかも元のままだった。ミスタ・コルダブレイスは目を見開いた。

「本当にわからないな……」と、彼は言いかけた。

彼の背後で、三角形の編隊が虚空を動いているのが見えた。三人のシスターがその三角にきっちり収まって滑ってきて、まるでみんながポルトガルのファティマみやげに買ってくるメダルの中の聖人みたいだった。三人の背後には、翼やら、ヴェールやら、茶色の布やら、羽根やらがはためいていた。白い空を背にして暗く、三人はわたしを取り巻いた。夢で予告されたとおりだった。わたしは口もきけず、手が震えた。

「どうした？　やったやつをきみは見たのかい？」

立ち上がろうとしてなおも奮闘しながら、わたしは頷いた。

「ゴロツキってのはグルになって悪さをすることがある」ミスタ・コルダブレイスは続けた。「本当、そうなんだよ。刑事物をよく見るから、やつらの手口は知ってるんだ」彼は周囲にさっと目を走らせた。

「近くに見張りを残しているかもしれない。何気なさそうにふるまっているやつだ」彼は行きすぎる人たちを脅すように睨みつけた。

三人はミスタ・コルダブレイスの背後に迫っていた。彼の肩越しにこちらを覗き、およそ人間とは思えない声でチュウと啼いてキーッと叫んだ。わたしには一言もわからなかった。ミスタ・コルダブレイスはわたしに頷きかけ、頭をコクコクとさせた。わたしが手を伸ばして三人を指さすと、恐ろしい磁力のようなものに吸い寄せられ、すぐに立ち上がることができた。

ミスタ・コルダブレイスは振り向き、三人を見た。彼はたじろいだ。

「まさか、この方たちじゃないだろ？」と彼は言った。「そいつは無茶だ。酒でも飲んだんじゃないか？　なあ、酒《スピリット》のカウンターでちょっと分けてもらったんだろ？」

「この子、転んだんだよ」と、通行人の一人が言った。

「頭を打ったのかもしれないね」と、ミスタ・コルダブレイスは頷いた。

そして、バス待合所から出てきた野次馬たちに向かい、万事問題ありませんと請け合った。

「この子はぼくのスタッフの一人でして、すべて収拾はついています、ぼくはこの子をよく知っています。どうぞお任せください」

いちばん背の低い修道女が、貧弱な小スズメみたいにチョコチョコ跳ねてきた。頭を一方にかしげて、案じているみたいだった。骨ばった手で地面を引っ掻き、芝生の縁に転がっていた紙袋を拾い上げた。ほかの二人も案じているようにコッコッと啼いた。するとしんとして、すべてのざわめきが止んだみたいになった。差し出された紙袋を受け取ると声が戻ってきて、わたしはお詫びの言葉をしどろもどろに呟きながら、真っ赤な顔でその場を抜け出した。紙袋をぎゅっと抱いたまま、停車していたタクシーへと、よろよろ歩いた。車内に転がりこんで、バタンとドアを閉めた。恥ずかしくて泣いてしまうと思いながら、わたしは深呼吸をした。車のうしろの窓からは、修道女たちとミスタ・コルダブレイスが並んで立っていて、ミスタ・コルダブレイスが何かをなくしたみたいに、キョロキョロとあたりを見回しているのが見えた。

「お嬢さん、どちらへ？」と、運転手が尋ねた。

行き先を告げるわたしの声はか細く、震えていた。わたしはシートにもたれ、ため息をついた。ドックロードを半分ほど進んだところで、紙袋を抱きかかえていることにようやく気づいた。中を覗いてみた。ハムの切れ端、ポークの切り落とし、骨つき肉などが、ミスタ・コルダブレイスのサンドイッチの包み紙にくるんであった。ハニー・ローストハムの大きな塊もあった。もったいない真似をしたらバチが当たる。

それからわたしは笑いが止まらなくなった。涙の粒が顔を転がり落ちた。シスター・マーシーは、疵《きず》一つないようでいなくてはいけません、神様の恩寵により魂を清めていただかなくてはなりませんと言っていた。過去の行いを悔い、わたしの心を住処《すみか》としてくださいと神様にお願いしなくてはなりません、と。わたしは紙袋に手を入れ、肉の塊を引き出した。口に押しこんだ。わたしは自分の罪を丸呑みにする、丸ごと喰らって体内に満ちさせる。もぐもぐ噛みながら、でも感じかたが全然変わらないな、と思った。わたしに変化はなく、ただ盗品の受取人になっただけ。ミスタ・コルダブレイスはわたしによくしてくれるかな？　来週末、ベーコンスライサーをわたしに触らせてくれたとしても驚かない。

「ねえ、大丈夫かい？」運転手が尋ねた。

わたしは肉の塊にむせたところだった。

「大丈夫です」わたしは咳払いをして、またすぐにもう一口を押しこんだ。むしゃむしゃとがっつきながら喰らう。見上げると、運転席のミラー越しに、運転手がわたしを見ていた。

「おやまあ、腹が減っていたんだねえ」と、彼は言った。

わたしは頷いた。

「食べ盛りだからね。人生これからっていうのがどんなにラッキーか、あんたにはわかんないだろう」

「わかります、本当です」わたしは骨つき肉から肉片を噛みちぎりながら、運転手にそう告げた。一口、また一口と頬張る合間に、わたしは声を上げて笑った。ちょっと残念だったのは、金曜日じゃなかったこと。金曜なら、肉を食べてはいけない日だから、わたしの罪を簡単に倍にできたのに。それからわたしは気がついた。わたしは三人の修道女を共犯にしたのだ。このうえ何が必要だろう？

　わたしは膝を叩いて笑い転げた。神様は自棄《やけ》にでもならないかぎり、もうわたしをほしがったりしないだろう。

　タクシーが家の前に止まると、カーテンが揺れるのが見えた。靴を片方なくしたことをどう釈明すればいいのかわからなかったし、しゃっくりも出てきたけれど、わたしの元気《スピリッツ》を奪うものはもう何もなかった。

解説

モイ・マクローリーは一九五三年、アイルランド系カトリックの両親のもとにリバプールで生まれる。イングランド北西部のリバプールはビートルズとサッカーで有名な街だが、アイルランドにルーツを持つ人の多い街でもある。イギリスの産業革命の際、西アフリカと西インド諸島・アメリカを結ぶ三角貿易の拠点港として繁栄を築いたこの街は、一九世紀から二〇世紀にかけて、対岸のアイルランドからの移民たちの中継地であり、目的地でもあった。移民たちはぎりぎりの生活の中で生き延びつつ、歌やダンスなどの文化とともに、カトリックの信仰をこの地にもたらした。

マクローリーは短編を得意とするらしく、これまでに長編小説一冊のほかに短編集三冊を出しており、現在では大学の創作科で教えるかたわら、雑誌などに短編を発表している。これらの短編ではしばしばリバプールに生きるアイルランド系の人々が描かれており、ここに訳出した「召命だったはずなのに」もその一つである。作中に登場するルイス百貨店、ピア・ヘッド、ライバ・ビル、プリンセス・パークなどはリバプールに実在する場所で、時代は一九七〇年前後に設定されている（ルイス百貨店は二〇一〇年に閉店）。街にはカトリックのシスターが歩き回り、女子修道院附属学校では女子生徒たちが召命の話を、超常体験の話であるかのように聴いている。人々は北アイルランド出身の司祭とお酒を飲み交わし、聖母マリアが出現する奇跡が起きたとされるポルトガルのファティマまで、はるばる巡礼の旅をすることもある。

しかしみんながみんな、敬虔なカトリック信徒というわけではない。「わたし」のクラスメート、ビアトリスは召命の話にうっとりして自分もシスターになりたいと言うが、ナンシーは修道院に入るより優雅に暮らすほうが「幸せに決まって」いると断定する。とはいえそこまで極端に突き抜ける人も珍しく、多くは矛盾を抱えている。近所のデルシア・ロディはシスターになっても、俗人としてやり残したことが忘れられずに心を病んでしまうし、ロディおばさんは娘の顛末に心を痛めながらも日曜ごとにミサに行く。そして主人公の「わたし」も「あり余るほどの信仰」を持ちながら、神のお召しが怖くてたまらない。

本作品は、そうしたアイルランド系コミュニティの生活や人々の心のうちを想像するだけでも味わい深いが、さらにその内容を魅力あるものにしているのは、「わたし」のどことなくユーモラスな、そして知的な語り口である。「わたし」は召命が怖いけれど、同じくらいハトも怖い。神の声が聞こえたら修道女になるしかないという雰囲気もどうかと思っている一方で、アルバイト先のレジの締め方もひどいと思っている。一〇代の彼女にはあまり表立って反抗するすべがないのだが、見聞きする事柄をクールに観察して、自分なりの言葉で表現しているのがいい。

本作品のクライマックスは、アルバイト後のバスターミナルでの場面だろう。夕方のバスターミナルに、「わたし」の怖がっている二つのものがシンクロして現れる。猫のように大きなハトと、カルメル修道会のシスター三人によって（おそらく）届けられようとしている、神の召命である。

「わたし」の悪夢がとうとう正夢になったと思わされる瞬間である。ところがそこにアルバイト先のデリカテッセンで働くミスタ・コルダブレイス――偉そうにはしているものの情けなさが透けて見える中年男性――が登場する。ミスタ・コルダブレイスは「わたし」が引ったくりに狙われていると勘違いして言葉をかけてくるのだが（「やったやつをきみは見たのかい？」）、「わたし」は召命から逃れようとする必死のあがきの中で反応を返しており（「わたしは頷いた」）、そのすれ違いが笑いたくなるところだ。そして結果的には、このうだつの上がらない中年男性が「わたし」を救うことになる。シスターがミスタ・コルダブレイスの紙袋を誤って（？）「わたし」に手渡すことで、「わたし」は彼がデリカテッセンでちょろまかしたものを手に入れる。盗品を体内に取りこむことによって、「わたし」はキリストを人生に入れてシスターになるという道から外れることができ、召命の恐怖からすっぱり決別できるのである。

現実とも幻想ともつかない展開をクライマックスに据える本作品は、マジック・リアリズム的と言えるだろう――そもそも神様のお呼びだとか聖母マリアの出現だとかが現実のように語られる時点で、この頃のカトリック信徒の日常がマジック・リアリズム的だったのかもしれない。作者のマクローリーは、レイ・フレンチらとの共著『わたしならここから始めない――イギリスのアイルランド系二世』（二〇一九年）によせたエッセイで、現実と超自然的な現象とが入り混じるアイルランド系コミュニティの生活はマジック・リアリズム的であり、マジック・リアリズム文学がカトリックの国々で発展してきたことも偶然ではないと述べている。

清算

シェイマス・ヒーニー
岩田美喜 訳・解説

ひたいを狙った小石。黄泉の国新町通り五番地の部屋。母の臨終に立ち会ったぼくら。母のいまわの際に父が告げたこととは……？

M・K・H（一九一一―一九四八）を偲んで

彼女は、かつて自分の小父が教えたことを私にも教えた。
どんなに大きな石炭の塊も、とても簡単に割れるんだよ、
石目と金槌を正しい角度に当てさえすればね。

あのくつろいだ、魅惑的な槌の音、
それが吸い込まれ消えてゆくあのこだまが、
いつ叩くべきかをぼくに教え、いつ力を抜くべきかをぼくに教え、

金槌とブロックの狭間でその調べに向き合うことを
かつてぼくに教えたのだった。今こそ、ぼくに教えてくれないか、
耳を澄ますこと、線的な黒の背後にある鉱脈を掘り当てることを。

（一）

百年も前に放られた小石が
まだぼくを悩ます。裏切り者たる曾祖母の
ひたいを狙った最初の石がそれだ。
ポニーは立ち往生、暴動は迫ってくる。
彼女は二輪馬車の中でうずくまる、
あの最初の日曜日、取り囲む人々の中を
パニック状態の速駆《はやが》けで、馬は丘を下りミサへと急ぐ。
男は街を抜ける間、鞭を当て続ける。「裏切り野郎！」という叫びに応えて。

彼女のことを「転向者」とでも呼ぶがいい。「異端者の花嫁」でもいい。
いずれにせよこれは、当時の風俗を示す一品だ。
母の傍らへと受け継がれ、彼女が今や逝ってしまうと
ぼくの傍らに、処分の裁量を委ねられて、ある。
ヴィクトリア朝時代の銀糸レースではない。
罪を赦し、罪を赦された石なのだ。

（二）

あそこでは磨き上げられたリノリウムの床が光っていた。真鍮の蛇口も光っていた。
瀬戸物茶碗はとても白くて大きかった――
砂糖壺とミルク入れもついた、欠けるところなき一揃いだった。
やかんはシューシュー音を立てた。サンドウィッチとティー・スコーンが
さもありなんという感じで並んでいた。溶けて流れ出したら困るから
バターを日の当たるところに置いちゃ駄目だよ。
それにパンくずをこぼしたりしちゃいけない。椅子を斜めにするのも駄目だ。
手を伸ばさない。指差さない。動くときにそんな音を出すもんじゃない。

黄泉の国　新町通り　五番地　では
おじいちゃんが自分の床から起き出している頃。
眼鏡をつるつるの禿頭の上に押し上げて
周章狼狽して帰宅する娘を出迎えてやるのだ、
彼女がドアをノックすらしないうちから。「どうした？　どうした？」
そうして二人は、ぴかぴか光る部屋の中、一緒に腰掛けるのだ。

〈三〉

ほかの皆がミサへ行っているあいだ、
お母さんはぼくを独り占めにして、二人で一緒にじゃがいもの皮をむいた。
沈黙を破って、じゃがいもは一つ一つぽとりと落ちる。
まるで、はんだごてからはんだが滴り落ちるみたいに。
ぼくらの間にはひんやりとした慰めがあった。バケツ一杯の
きれいな水の輝きを分かち合うものだった。
また一つ、ぽとり。お互いの仕事が
小さな心地よい水のはねをあげるたび、ぼくらははっと我に返ったものだ。

だから、教区牧師が彼女のベッド脇で
猛烈な勢いで臨終の祈りを唱え始め
それに唱和する人や泣き出す人がいても、
ぼくが思い出すのは、彼女の頭がぼくの頭にもたれ掛かっているさま、
彼女の息がぼくの息に混じるさま、水を滑るようなぼくらのナイフ——
ぼくらの人生、あれほど近くに寄り添いあえた時はなかったのだ。

(四)

知ったかぶりと思われるのを恐れて、あの人はわからないふりをした、「自分の手にあまる」言葉を口にしなければならないような時にはいつも。バートルド・ブレック、なんて。つっかえつっかえ、傾いだものを、彼女は毎回ひねり出した。まるで、語彙をあんまり上手に適応させてしまうと、かえって自分が場違いな半端者だとばれやしないかと思っているようだった。誇らしげというよりは挑みかかるように、言ってきたものだ、「そりゃあんたはそういうことを何でも知ってるだろうさ」そこでぼくはあの人の前では舌を見事に操って、自分がちゃんと弁《わきま》えていることを、見事に適応した、場にふさわしいやり方で示した。ぼくは、んだなとか、ちげえなとか言って、慎み深くも、間違った語法へと戻っていったのだ。それこそが、ぼくらを結びつけもすれば追いつめもするものでもあったのだが。

（五）

取り込んだばかりのシーツから立ちのぼる冷気に、
ぼくは、これはまだ湿っているにちがいないと思った。
だけど、ぼくがリネンの片方の端を持ち、
まずは縁に対してまっすぐ、次は対角線上にと、
彼女が持った端に対して引っ張って、それから
向かい風を受けた帆みたいに、布をはためかせたり振ったりしたら
シーツはからっと乾いたうねりをあげて、ぴしっと翻った。
そこでぼくらはシーツを伸ばして畳んで、端を合わせる時には手が触れ合った。
それはまるで何事もなかったかというくらい、ほんの一瞬のこと。
常に起こるとは限らないことなんて、何もなかったから、
ずっと前から、来る日も来る日も、ついと触れてはまた離れ、
引っ込めてみればまた近づくといった塩梅。
その動きは、彼女が破れた小麦袋を縫い合わせて作ったシーツに
ぼくが×印を、彼女が○印を書き込むゲームのようだった。

（六）

復活祭《イースター》休みの最初の興奮のなか、
聖なる一週間の様々な式典が
ぼくらが『息子と恋人』みたいだった時期の頂点だ。
真夜中の燈火。過ぎ越しの祭りの燭台。
肘と肘が触れ合い、隣同士ひざまずき、
人の大勢いる教会の前列近くで
互いに寄り添うのも嬉しく、ぼくらは、聖水を祝福する
聖書と赤字で書かれた典礼文を読んだものだ。
鹿が流れを求めるごとく、私の魂は……
聖水に触れる。タオルで拭く。聖霊の息吹を受けた水。
聖油と香油とが交えられた水。
聖水瓶がチリンと鳴る音。儀式のなかでの感情の昂りと
誇りに我を忘れた詩編朗読者の叫び。
昼も夜も、私の涙が私の糧であった。

（七）

母がいまわの際に、父はこれまでの二人の生活を全て合わせたよりも多いくらいのことを、彼女に告げた。

「お前は月曜の夜には新町通りにいるだろう、わしもお前のためにそこへ行こう。わしがドアを通って来たら、お前は喜んでくれるだろう……そうだろう？」

母の支え起こされた頭の傍へと、父は自分の頭を屈めて近づけた。彼女にはもはや聞こえなかったが、ぼくらは歓喜した。

父が母を、いい子とかお前さんとか呼んだのだ。それから母は息を引き取って、もう脈をさぐるのもやめることになり、
そこに居たことで、ぼくらはひとつのことを了解した。

ぼくらが立っていた空間は空っぽになっていて、
ぼくらの内部に入り込んで、ぼくらがそれをしまっておくことになったのだ。

突然開けた開拓地のような空虚の中へと、染み通ってきたのだ。

高き嘆きは伐採され、完全な変化が起こったのだ。

（八）

ぼくは、堂々巡りをするような心持ちだった。
まったく何もないところを、なにかの根源のなかを。
アラセイトウの上、表の生け垣に植わっていた
花盛りの栗の木も、そこではもう、居場所がなかった。
白い木くずがポンポンと飛び散っていった。
手斧独特の正確な切り込みの音や、
幹にひびの入る音、昔は青々としていた木の吐息、
そして、それが倒れる音が、ぼくには聞こえた。
震える木っ端や、栗の木の残骸全てから、伝わってきた。
あんなに深く根を張っていたのに、とうに消えてしまったんだ。穴蔵の
ジャムの瓶にしまっていた種から生えた、ぼくと同い年の栗の木は。
その重み、その静けさは、今や、まぶしいほど空っぽだ。
それは、枝を出して伸びてゆく魂。それは
ひとが感じたがるような沈黙を超えて、永遠に沈黙する魂。

解説

イギリス最古の植民地という歴史を背負ったアイルランドは、今も南のアイルランド共和国と北東部のイギリス領北アイルランド（アルスター地方）とに分断されている。この複雑な事情を背景に、北アイルランドは、ポール・マルドゥーン、マイケル・ロングリー、デレク・マホンら、多くの「北の詩人」たちを輩出してきた。デリー出身で一九九五年にノーベル文学賞を受賞したシェイマス・ヒーニー（一九三九〜二〇一三）は、その代表格といえるだろう。

彼の初期の作品は政治的な態度が色濃かったが、一九七二年にベルファストからダブリン近郊のグランモアへ移ったことなどもあり、作風には変化が見られるようになった。「清算」は、詩集『山査子《さんざし》の手提げランプ』（一九八七）に収められた、詩人の母であるマーガレット・キャサリン・ヒーニーを偲ぶソネット連作である。原題は‘Clearances’で、気持ちの整理をつけることと、森林を伐採して開けた土地のように、心に空虚が生まれることとの二つの意味がかかっている。また、母を悼むという詩人の内向的な瞑想は、北アイルランドの問題と完全に切り離されることなく絡み合ってもいる。例えば、第一番では、宗教の問題が扱われている。アイルランドはカトリック人口が高く、プロテスタントであることはイギリスからの植民者の末裔であることを示唆する。宗教の違いが階級差に結びつく社会で、カトリックのヒーニー家にも母方よりプロテスタントの血が混じっていることが、この詩で歌われているのだ。ここからは、帰属すべきコミュニティを容易に見つけられない詩人の疎外感そのものが、母からの遺産なのではないかという、彼の意識を見て取ることができる。

墓地の区画をあの世での住所に見立てた二番や、幼い頃に味わった母親との一体感の記憶を鮮やかに描き出した三番の後には、再び緊張感の強い詩が置かれる。農家の九人兄弟の長子として生まれ、ただ一人大学教育を受けた詩人と、その母親の間には、教育の格差による一種のよそよそしさが存在し、それを両者ともどうすることもできないのである。母親が口にする「バートルド・ブレック」とは、ドイツの詩人・劇作家ベルトルト・ブレヒト（一八九八～一九五六）のことである。彼の名前を正しく発音できない（あるいは敢えて発音しない）ことは、彼女がその名前の背後にある「叙事演劇」や「異化効果」といった彼の演劇理論・概念にも精通していないことを示す。教育の差が親子間の優位と劣位を逆転させてしまうことに警戒心を示す母親に対し、詩人はアイルランド訛りの英語を意識的に用いることで、衝突を避けようとしているのだ。

五番における○×のゲームとは、日本でいう五目並べのような遊びである。寄り添えそうで寄り添えない母と子の心情を表す比喩として、子供の遊びを持ってくる手腕が卓抜であろう。一方、主人公と彼を溺愛する母親との関係を描いたD・H・ロレンスの自伝的小説『息子と恋人』（一九一三）を拝借したのが六番である。復活祭の陶酔の中で詩人と母親は一体化しているようだ。しかし、朗読者が声高に読み上げる聖書の一節（詩編第四二章）は、失意の中で神を求める人間の嘆きを示しており、これがこの作品の重低音となっていることを忘れてはならない。母の臨終の瞬間をうたった七番、そして実家の庭に植わっていた栗の木を扱った八番に至るまで、彼は詩的想像力を糧に一貫して、母にまつわる過去の記憶を、いかにより広い文脈と詩人としての社会に対する責任の中で描き出すかに腐心しているのだ。

ある家族の夕餉

カズオ・イシグロ
田尻芳樹　訳・解説

生まれ育った家は何とも言えぬわびしさに沈んでいた。父と妹とで囲む久しぶりの食卓。亡くなった母の写真が、それぞれのわだかまりをあらためて浮き上がらせて……。

日本の太平洋側でとれる魚、フグ。母はフグを食べて死んだ。それ以来ずっとこの魚はわたしにとって特別な意味を持ってきた。毒は二つの脆弱な嚢の中の生殖腺に含まれている。フグをさばくとき、その嚢は注意して取り除かなければいけない。ちょっとでもしくじると毒が血管のほうへ漏れ出てしまうからだ。でも残念ながら、この作業がうまくいったかどうか容易にはわからない。実際に食べたあとになってようやくはっきりするのだ。

フグの毒にあたると猛烈に苦しんで、たいていの場合死に至る。夜に食べると、普通は寝ている間に毒が回って苦しみ出す。何時間かのたうちまわって苦しみ、朝には死んでいる。フグは戦後の日本でひどく人気が出た。厳しい規制がしかれるまでは、自分の台所で危険な内臓除去をやってのけ、近所の人や友達を招待するのが大流行した。

母が死んだとき、わたしはカリフォルニアに住んでいた。両親との関係はそのころややぎくしゃくしていたので、母が死んだときの状況は、二年後に東京に戻ったときまで知らなかった。母はいつもフグを食べるのを拒んでいたのに、そのときだけは、昔の同級生の気持ちを傷つけないようにと食べてしまったらしかった。細かいことを教えてくれたのは父で、空港から鎌倉の家に車で行く途中でのことだった。家に到着したのは、晴れた秋の日の黄昏時だった。

「飛行機の中では何か食べたのか?」父が尋ねた。わたしたちは茶の間の畳の上に座っていた。

「軽いものは出たよ」

「腹が減ってるだろう。菊子が来たらすぐ夕飯にしよう」

大きくがっしりした顎と黒々とした眉毛のせいで父はいかつい感じに見えた。今振り返ると周恩来によく似ていたと思う。もっとも、家族に流れる純粋な武士の血をことのほか誇りにしていた父だから、こんな比較はありがたくなかっただろう。父のかもし出す雰囲気は、くつろいだ会話を引きだすものではなかった。何でも結論づけるように言ってしまう奇妙なものの言い方もよくなかった。実際、その日父と対座していると、子供のころ、「婆さんみたいにぺちゃくちゃしゃべる」からといって頭を何度もぶたれた記憶が甦ってきた。空港で会って以来のわたしたちの会話が、長い沈黙交じりになったのも致し方ないことだった。

「会社のこと、残念だったね」しばらく沈黙が続いたあと、わたしは言った。父は重々しくうなずいた。

「本当は後日談があるんだ」と父は言った。「倒産のあと、渡辺が自殺した。汚辱にまみれて生きるのがいやだったんだな」

「そう」

「俺たちは一七年間も一緒にやってきたんだ。高潔で信義に厚い男だった。本当に尊敬していたよ」

「父さんはまたビジネスをやるの？」わたしは尋ねた。

「父さんは――引退したんだ。もう新しい事業をやるほど若くはないよ。最近のビジネスはすっかり変わってしまったし。外国人を相手にして、あっちのやり方に合わそうとする。どうしてこんな風になっちゃったのかわからない。渡辺にもわからなかった」父はため息をついた。「いいやつだった。筋の通った」

茶の間は庭に面していた。わたしが座っている場所から、子供のころ幽霊がいると思っていた古井戸が見えた。今は葉に厚く覆われてどうにか見えるだけだ。日は低く沈み、庭のほとんどは暗くなっていた。

「とにかく帰ってくる決意をしてくれてうれしいよ」父は言った。「ゆっくりしてくんだろうな」

「まだ何も決めてないよ」

「父さんとしては、過去は忘れるつもりでいる。母さんもいつでもおまえを迎える用意ができていた――おまえの振る舞いにはだいぶショックを受けていたが」

「わかってくれてありがとう。でも、今後のことは決めてないよ」

「今では、おまえには悪意はなかったんだと思っている」と父は続けた。「おまえは何かの影響に――踊らされたんだ。そういうやつは多いよ」

「父さんが言ったように、もう忘れようよ」

「好きにしたらいいさ。お茶はもういいか？」

ちょうどそのとき、若い女の声が家に響いた。

「やっとだ」父は立ち上がった。「菊子が着いたようだ」

歳は離れていたが、妹とわたしはずっと仲がよかった。久しぶりにわたしに会って妹は度を越して有頂天になり、しばらくは興奮してくすくす笑ってばかりいた。しかし、父が大阪のことや大学のことを尋ね始めると、いくぶん落ち着いて、短い、杓子定規な答えをした。今度は彼女のほうがわたしにいくつか訊いてきたが、質問が気まずい話題につながるのではないかと恐れて抑えているようだった。しばらくすると、会話は菊子が来る以前にもまして途切れがちになった。すると父が立ち上がって言った。「父さんは夕食を作らなきゃならない。これしきのことで悪いけどちょっと座をはずすよ。菊子と話していなさい」

父が部屋を出ると菊子は目に見えてくつろいで、しばらくの間、大阪の友達や大学の授業について気ままにしゃべり続けた。すると、突然、庭を散歩しようと言い出し、縁側へつかつかと出て行った。わたしたちは縁側の下に置いてあった草履を履いて、庭へ降りていった。日はほとんど暮れていた。

「この三十分くらい煙草が吸いたくて死にそうだったのよ」煙草に火をつけながら妹は言った。

「吸えばよかったじゃないか」

妹は家のほうを振り返る秘密めいた仕草をして、いたずらっぽくにやっと笑った。

「ああ、なるほどね」とわたしは言った。

「ねえ、いい？　わたし、今ボーイフレンドがいるの」

「ふーん」

「でも、どうしようか迷ってるの。まだ心が決まらなくて」

「その気持ち、よくわかるよ」

「彼、アメリカに行こうとしててね、わたしが卒業したらすぐに一緒に行こうって」

「そう。それで菊子はアメリカに行きたいのかい？」

「行ったら、ヒッチハイクよ」菊子はわたしの顔の前で親指を振って見せた。「危険だって言うけど、大阪でやったことがあるし、大丈夫」

「そう。じゃあ何を迷ってるんだい？」

わたしたちは、藪の間をめぐって古井戸に至る小道を歩いていた。歩きながら菊子は、不必要に芝居がかった煙草の吸い方をやめなかった。

「うん。大阪にたくさん友達がいて。大阪が好きなの。今全部捨てて行ってしまう気があるかどうか。それに修一は――好きだけど、そんなにいつもくっついていたいかどうか。わかる、この気持ち？」

「ああ、完璧にわかるよ」

妹はもう一度にやっと笑い、わたしをおいて井戸のところまでスキップして行った。「覚えてる？」わたしが歩み寄っていくと彼女は言った。「お兄さんは、昔よくこの井戸にはお化けが出るって言ってたでしょ」

「覚えてるよ」

わたしたちは井戸の中をのぞきこんだ。

「お母さんはいつもわたしに、お兄さんがあの晩見たのは八百屋のお婆さんだって言ってたけど」と彼女は言った。「でもわたしはそんなこと信じなくて、ここには絶対一人じゃ来なかった」

「母さんは僕にも同じことを言ってたよ。一度なんか、そのお婆さんが自分がお化けだと告白したなんて言ってた。どうやらお婆さんはこの庭を通って近道をしていたらしい。壁をよじ登るのにちょっと苦労しただろうな」

菊子は笑った。そして井戸に背を向けて、庭をながめわたした。

「お母さんはお兄さんのことを全然責めてなかったのよ」と、彼女は声色を変えて言った。「わたしは黙っていた。「わたしにはいつも言ってた、お父さん、お母さんが、お兄さんをちゃんと育てなかったのが悪かったんだって。わたしのときはどれだけ余計に注意したかも言ってた、だからわたしはこんないい子になったのよ」彼女は顔を上げた。いたずらっぽい笑いが戻っていた。「かわいそうなお母さん」

「そうだ。かわいそうな母さん」

「カリフォルニアに戻るの？」

「さあね。どうするかねえ」

「どうなったの——あの人、ヴィッキーは?」

「あれはすっかり終わったよ」わたしは言った。「もうカリフォルニアにはほとんど用はないよ」

「わたし、行くべきだと思う?」

「いいんじゃない。知らないけど。たぶん気に入るよ」わたしは家のほうをながめた。「もう中に入ったほうがいいな。父さんが手伝ってほしいかもしれない」

しかし、妹はもう一度井戸をのぞきこんでいた。「お化けなんか見えないな」と、彼女は言った。

声が少しこだまして聞こえた。

「父さんは会社がつぶれてひどいショックなのかい?」

「さあねえ。お父さんのことはなんとも言えない」すると突然妹はまっすぐに立ってわたしのほうを向いた。「お父さんは渡辺さんのこと話した? 渡辺さんが何をしたか」

「自殺したって聞いたよ」

「それだけじゃないの。一家全員道連れにしたのよ。奥さんと二人の女の子を」

「本当なのか?」

「あの二人のかわいらしい女の子をね。みんなが寝ている間にガス栓をひねって。それから自分は肉切り包丁で腹を切ったの」

「父さんはさっき、渡辺さんが筋を通す人だと言ってた」

「むかむかする」妹はまた井戸を見た。

「気をつけろ。まっさかさまに落っこちるぞ」

「お化けなんかいないな」と彼女は言った。「お兄さんはずっと嘘をついてたんだ」

「でも、井戸の中にお化けが住んでるなんて言わなかったよ」

「じゃあどこにいるの？」

わたしたちは、木々や藪を見わたした。庭はかなり暗くなっていた。とうとうわたしは十メートルくらい先にある小さな空き地を指差した。

「あそこで見たんだ。ちょうどあそこ」

わたしたちはそこを見つめた。

「どんな様子だった？」

「よく見えなかった。暗かったから」

「でも何かは見たんでしょ」

「お婆さんだった。あそこに立って、僕を見ていた」

わたしたちは催眠術にかかったように、そこをじっと見つめていた。

「白い着物を着て」とわたしは言った。「髪の一部がほつれて、ちょっと風に吹かれてたよ」

菊子はひじでわたしの腕を突いた。「ああ、やめて。またわたしを怖がらせようとしてるんだから」煙草を踏みつけた彼女は、ほんのわずかの間、当惑したように吸殻を見つめていた。松の葉を蹴って吸殻の上にかけてから、もう一度にやっと笑ってみせた。「晩御飯できたかしら」と彼女は言った。

父は台所にいた。わたしたちをチラッと見ただけで、仕事を続けた。

「お父さんは、一人で何でもこなさなきゃいけなくなってから、すっかり料理がうまくなったのよ」と、菊子は笑いながら言った。父は振り向いて妹を冷淡に見た。

「別に自慢するほどのことでもないさ」と父は言った。「菊子、こっちへ来て手伝いなさい」

しばらく妹は動かなかった。それから前へ出て、引き出しにかかっていたエプロンを取った。

「この野菜を料理しなきゃ」と父は妹に言った。「残りは見ていりゃいいだけ」すると父は顔を上げ、わずかの間、妙な風にわたしを見つめた。「おまえ、家の中を見て回りたいんじゃないか」父はしまいにそう言って、持っていた箸を置いた。「ずいぶん長いこと見てないから」

わたしたちが台所を離れたとき、わたしは菊子のほうを振り返ったが、背中しか見えなかった。

「あの子はいい子だよ」と父は静かに言った。

わたしは父について部屋から部屋へと見て回った。家がこんなに大きいなんて覚えていなかった。ふすまを一つ開けるとまた別の部屋が現われる。でも、どの部屋も驚くほどがらんとしていた。ある部屋など、電灯がつかなかったので、窓からの淡い光で、殺風景な壁と畳を見つめるしかなかった。

「この家は一人で住むには広すぎるよ」と父は言った。「今じゃ、ほとんどの部屋はなくてもいいくらいだね」

だが、最後に父は、本と書類が詰まった部屋のドアを開けた。花瓶には花が生けてあり、壁には絵が掛かっていた。片隅の低いテーブルの上に何かあるのに気づいた。近寄ってみると、子供がつくるような戦艦のプラモデルだった。新聞紙の上に置いてあり、周囲には灰色のプラスチックの部品が散らばっていた。

父は笑うと、テーブルのところに来て、プラモデルを持ち上げた。

「会社がつぶれたから」と父は言った。「前よりちょっと手仕事をする暇ができてね」父はまた笑ったが、やや不自然だった。わずかの間、父の顔は柔和に見えた。「前よりちょっとね」

「それは変だな」とわたしは言った。「前はいつもすごく忙しかったんだから」

「たぶん忙しすぎたんだ」父は少し微笑んでわたしを見た。「たぶんおまえたちのことをもっと構ってやるべきだったんだ」

わたしは笑った。父は戦艦を見つめ続けた。そして顔を上げた。「おまえには言うつもりはなかったんだが、言ってしまうのが一番なんだろう。父さんは、母さんが死んだのは偶然じゃなかったと思ってるんだ。母さんには心配事がたくさんあった。失望もいくらかね」

わたしたちは戦艦をじっと見つめた。

「でも」とわたしがしまいに言った、「母さんは僕がここにずっと住むとは思ってなかったでしょ」

「おまえにはわからなくて当然だ。親にとってどうかってことがね。子供を失うだけでなく、自分たちが理解できないことに子供が走ってしまう」父は戦艦を指でくるくる回した。「ここの砲艦はもうちょっとうまく接着できたかな?」

「たぶんね。でもうまくいってると思うよ」

「戦争中は、父さんもこんな船の上で過ごしたことがある。でも、いつも空軍のほうに野心を持っていた。だってね。もし船が敵にやられたら、救助を求めて海の中をもがくしかない。でも飛行機なら——やられても、いつも最後の武器があるじゃないか」父はプラモデルをテーブルに戻した。「おまえは戦争なんかいいと思わんだろうな」

「そうだね」

父は部屋を見回した。「夕飯がもうできてるだろう」と父は言った。「腹が減っただろう」

夕飯は、台所の隣の薄暗い部屋に用意されていた。光は、テーブルの上にかかる電灯だけで、提灯のような大きなかさがついているので、部屋の残りの部分は影になっていた。わたしたちは、食事を始める前に、お互いにお辞儀をした。

会話はほとんどなかった。わたしが料理をほめると、菊子は少しくすっと笑った。最初の硬さが彼女に戻ったようだった。父は長いこと何も言わなかった。そしてとうとう言った。

「日本に戻って、さぞ違和感があるだろうな」

「そう、ちょっとね」

「もう、アメリカを離れたのを後悔してるんじゃないか」

「ほんのちょっと。たいしたことない。どうせ向こうにはたいしたものが残ってないから。空っぽの部屋だけ」

「そうか」

わたしはテーブル越しに父を見た。父の顔は、薄明かりの中で堅く険しい感じだった。わたしたちは黙って食事を続けた。

すると、部屋の反対側にある何かが目に留まった。最初は食べ続けたが、やがて手が止まった。父と妹が気づき、わたしを見た。わたしは父の肩越しに向こうの暗闇をじっと見つめた。

「あれは誰？　あそこの写真の中の」

「どの写真だい？」父は、わたしの視線を追って、少し後ろを向いた。

「あの一番下の。白い着物を着たお婆さん」

父は箸を置いて、まず写真を、次いでわたしを見た。

「母さんだよ」かなり険しい声だった。「自分の母さんもわからないのか？」

「母さんか。暗かったから。よく見えなくて」

しばらく沈黙が流れた後、菊子が立ち上がった。壁から写真を取ってテーブルに戻るとわたしに渡した。

「ずいぶんふけて見えるなあ」とわたしは言った。

「死ぬすぐ前に撮ったんだよ」と父が言った。

「暗かったから。よく見えなかったんだ」

顔を上げると、父が手を差し出していた。わたしは写真を渡した。父はそれをじっくり見て、菊子に渡した。妹はおとなしくもう一度立ち上がって、壁に戻した。

テーブルの真ん中には、まだ蓋を開けていない大鍋があった。菊子が席に戻ると、父は手を伸ばして蓋を開けた。湯気が電灯のほうへ舞い上がった。父は鍋を少しわたしのほうへ押した。

「腹が減っただろう」と父は言った。顔の片側が影になっていた。

「ありがとう」わたしは箸を伸ばした。湯気はやけどしそうなほど熱かった。「これ、何?」

「魚だよ」

「すごくいいにおいだね」

汁の中には、ほとんど球のように丸まった魚の切り身があった。わたしは一つ取って自分のお椀に入れた。

「どんどん食べなさい。たくさんあるから」

「ありがとう」わたしはもう少し取って、鍋を父のほうへ押しやった。父がいくつか自分のお椀に入れるのを見た。それから父とわたしは菊子が取るのを見た。

父は少し前かがみになった。「腹が減っただろう」と父はまた言った。魚を口へ持っていって食べ始めた。わたしも一つ選んで口に入れた。柔らかく、厚みのある舌触りだった。

「すごくおいしい」とわたしは言った。「これ、何?」

「ただの魚さ」

「本当においしいよ」

三人は黙って食べ続けた。何分かが経過した。

「もっとどうだ?」

「まだあるの?」

「三人分たっぷりあるよ」父が蓋を開けると、また湯気が上った。三人は箸を伸ばして好きなだけ取った。

「ほら」とわたしは父に言った。「この最後のは父さんが食べて」

「ありがとう」

食事が終わると、父は腕を伸ばして満足そうにあくびをした。「菊子」と父は言った。「お茶の支度をしてくれるかな」

妹は父を見て、何も言わずに部屋を出た。父は立ち上がった。

「あっちの部屋へ行こう。ここはちょっと暑いから」

わたしも立ち上がり、父について茶の間に入った。大きな引き戸が開けっぱなしにしてあり、庭から微風が入ってきた。しばらく、わたしたちは黙って座っていた。

「父さん」と、私はしまいに言った。

「何だ?」

「菊子は渡辺さんが一家を道連れにしたって言ったけど」

父は目を伏せてうなずいた。しばらく深く考え込む様子だった。「渡辺は仕事にとことん打ち込んでいた」と父はようやく言った。「会社の倒産はひどいショックだった。それで判断力が鈍ってしまったんだな」

「渡辺さんがしたことは——間違いだったと思う?」

「当然さ。そうとしか考えられないだろ」

「そりゃそう。もちろんそうだけど」

「仕事以外にも考えるべきことはあるからな」

「そうだね」

わたしたちはまた黙った。虫の音が庭から聞こえてきた。わたしは庭の闇の中を見つめた。井戸はもう見えなかった。

「これからどうするつもりだ」と父が尋ねた。「しばらく日本にいるのか?」

「正直言って、あまり先のことは考えてないんだ」

「もしここに、この家にいたいなら、歓迎するよ。老人と暮らすのがいやじゃなければだが」

「ありがとう。考えてみなくちゃ」

わたしはもう一度闇の中を見つめた。

「でももちろん」と父は言った。「この家はこんなにさびれている。すぐにアメリカに帰りたくなるに決まってるな」

「そうかもね。まだわからないよ」

「そうに決まってるよ」

しばらく父は自分の手の甲を見つめているようだった。そして顔を上げてため息をついた。

「菊子は来年の春卒業だ」と父は言った。「おそらくあの子はこの家に戻ってきたいだろう。いい子だから」

「たぶんそうだね」

「そうしたら状況はよくなるだろう」

「そう、きっとよくなるよ」

わたしたちはまた黙って、菊子がお茶を持ってくるのを待った。

解説

作者のカズオ・イシグロは、一九五四年長崎で生まれ、一九六〇年にイギリスに移住した。ケント大学卒業後、ソーシャルワーカーとして働き、イースト・アングリア大学大学院創作科に進んだ。大学が創作科を持つのはアメリカでは珍しくなかったが、イギリスでは当時ここくらいで、作家マルカム・ブラッドベリーが教え、イアン・マキューアン、ティモシー・モーなど優れた作家を輩出している。一九八二年、『遠い山なみの光』でデビュー、一九八六年、『浮世の画家』が高く評価され注目される。これら二作がいずれも終戦直後の日本を題材にしていたのに対し、一転してイギリスの大邸宅の執事という言わば斜陽の職業を中心にすえた一九八九年の『日の名残り』がブッカー賞を受賞、ゆるぎない地位を得た。この小説はジェイムズ・アイヴォリー監督によって映画化もされたので、広く知られることになる。その後イシグロは、『充たされざる者』(一九九五)、『わたしたちが孤児だったころ』(二〇〇〇)、『わたしを離さないで』(二〇〇五)、『夜想曲集』(短編集、二〇〇九)、『忘れられた巨人』(二〇一五)と、寡作ながら優れた小説を着実に書き続け、二〇一七年にノーベル文学賞に輝いた。

さて、ここに訳出した「ある家族の夕餉」は、一九八〇年に文芸誌に発表された。ごく初期の作品ということで、当然、『遠い山なみの光』、『浮世の画家』と共通点が多い。これら二つの長編は、終戦直後の日本人の困難な生き方を描きつつ、戦争に直接的あるいは間接的に加担した親の世代と、戦後民主主義、アメリカの消費社会の影響を受ける子の世代の亀裂を焦点の一つとしている。『遠い山なみの光』は、現在はイギリスに住む女性が、終戦直後の長崎を回想する形式で書かれているが、彼女の最初の夫の父は、戦後的価値観を一切認めることができず、妻が夫と違う政党に投票するのを信じがたいと言い、電気洗濯機や民主主義教育を批判する。一方で語り手の友達だった女性は、アメリカ人の男とともにアメリカに渡る夢を捨てきれない。『浮世の画家』では、戦時中戦争協力した画家が語り手となり、娘の見合いに自分の暗い過去が支障になるのを心配しながら、自己正当化願望と戦後的価値観との間に折り合いをつけようとする。「ある家族の夕餉」でも、こうしたテーマが、長編小説ほどは掘り下げられてはいないものの、やはりくっきりとした印象を残す。戦争を遂行した世代の父が、戦後は時代に置き去りにされようとしている。会社は倒産し、外国人（＝アメリカ人と考えてよかろう）のやり方にビジネスが傾斜するのを嘆いている。一方で子供の世代は、語り手は親と対立して早々とアメリカに渡り、母親の葬儀にも出ていないし、妹も恋人とアメリカに渡ってしまうのかもしれない。それでも、がらんとした家に一人残されるのを恐れ、子供をどこか頼りにしている弱い父の姿は哀切と言うほかない。

イシグロは幼いときに日本を離れたので、終戦直後の日本を言わば人工的に再構築しようとしている。その人工性が、この習作的短編ではやや過剰に出ているかもしれない。川端康成『山の音』と成瀬巳喜男によるその映画版を意識した、鎌倉という場所（小津安二郎の映画にもよく出る）と「菊子」、「修一」という人物名、一家心中、割腹自殺、幽霊がいるという夕暮れの庭の古井戸、妙に沈黙が多い会話、鍋料理（おそらくフグだろう）などの要素にそれが感じられる。しかし、これらが短いスペースの中にぎっしり詰まっているがゆえに、密度の濃い独特の日本的時空間が構成されている。そこには、冒頭のフグの毒の記述が導入する死のモチーフがあくまでもそこはかとなく漂い続けている。（最後、一家が心中しようとしているのではないかという疑惑に関してイシグロは、日本人と自殺を結びつける西洋人の期待を弄んだと述べている。）この種の、雰囲気を象徴的に喚起する手法は、この短編ではプロットの力の弱い分だけ明瞭に透視できる。その意味で、この短編は、イシグロの長編小説の技法を理解する鍵の一つとなるかもしれない。実際、初期の長編では、沈黙、庭、死といったモチーフが、この短編を延長するような形で現われている。

一度読むとなかなか忘れられず、時折ふと思い出される名短編である。日本人の心の原風景をうまく捉えているからだろう。

呼ばれて
小包
郊外に住む女―さらなる点描

イーヴァン・ボーランド
田村斎藤　訳・解説

私は自分が生まれる前に亡くなったという祖母の墓を探しに行くが、その墓は見つからず……。

呼ばれて

私は探しに行った、私が生まれる前に亡くなった
祖母の墓を。時至らずして亡くなった祖母。
私は探した、草むらや御影石の間を、
ひとつひとつの墓標、
崩れかけた碑銘、
天使の羽根の間を、なのに見つからなかった。

今度こそ、と誓ってきた、
この風景を前にして、
昔祖母が眺められたのと同じように、眺めてみよう、と。
人に知られざるがゆえに愛されず。
名前をもたざるがゆえに知られず。

グラスピストル城が見えなくなった。
バルトレイ、そしてクロハーヘッドも。
西に目を転ずればボイン川の河口は——
その戦と歴史とを奪われて——
ただの柳の木々と遠い眺望に変わっていた。

遅い夏の薄明かりのなか
私は車を運転して家路に着いた、
名も知らぬ道をたどって。
すると頭上に星座が浮かび、
いくつかは形を変えて女の姿になった。

翼や羽根をもち、
片手で高々と「今日」と「明日」が描く
高楼と曲線そして地平線とを支えている。

あらゆる船が彼女らを見上げている。
あらゆるコンパスが彼女らのおかげで正しく導かれる。
あらゆる夜空が彼女らの悲しみによって名づけられる。

小包

消えゆく技というものがあるけれど、
むかし、
母が小包を拵えたやりかたもそう。
まずは紙。木のように薄茶色で目の粗いもの。
ラテン語の本を四角四面に覆ったり、
クリスマスでプディングの深皿に敷くにはおよそ不向きな種類。
大きな円柱。母がはさみでひもを切ると、
それはたちまち床中に広がった。
この広がりが作業範囲そのもの。
次にはさみ。
どこもきらきらと光ることのない、無愛想な
はさみ、指を入れる穴も黒く、
刃自体も、雨に打たれた階段の色、そう、
リラやキンギョソウの季節になると

あの階段を砥石をかついで男の人が上ってきて
やがて腰もおろさずに、いくらで研ぐのか
相談していた、芝刈り機も、園芸鋏も、
このはさみも。みんな「こみ」で。
麻ひものこぶはおおざっぱに撚り合わされて
封蝋の溶けて形のくずれた端っこのすぐ下で
母が支えている炎より、
薄い黄色の影のようにしかみえなかった、
やがて封蝋は溶け、広がって脆い
テラコッタのメダルの形になった。
髪をふりみだし、歯の間から舌を出し、
麻ひもで四等分にされた包みの表に
母は住所を書き込んだ。
名前と場所と。クレヨンと万年筆を使って。
都市には下線を一本。国には二本。
これで投函できる、
母はそう言った、そうなったらあて先がどこか私たちが知りたくても——
惜しいと思うまもなくなくなる芸術品だ——回収の
麻布袋に消えていくのを見守るだけ。
あっというまに消えてなくなる。ほら
こんな風にして消滅したのだ。
悲運な汽船や時代遅れの汽車の間を走る
線路が目の前で姿を消したのは
今はもう思い出せない駅の名前の次、
それもはやそれと知ることのない大陸の
出来事。ひび割れる封蝋。
ほどけていく紐。判別できない宛先。

郊外に住む女―さらなる点描

I

夕暮れ
　　そして近隣は
影の色、
石の色。
この机に向かって私は思い描く、
冬の空気、泥炭のうずきを。
そしてカーテンを閉めていない
居間、そこでは

もう一人の女が私の暮らしを生きている。
もう一人の女が私の子どもを抱き上げる。

子どもをあやしている。
レモンのつやつやした皮をむいている。
その匂いを指の皮膚に擦り付けている。
私の家のドアに近づいて、閉じる。
私の家の窓に向かっていき、ゆっくりカーテンを閉める。

台所、
ふたたび女が抱き上げ、抱いている子どもは
まさに私の子ども
　　　　　　　そして常に
苦い、柑橘系の香りが女の肌には漂う。
女は道をじっと見つめる、
何の変哲もない一一月の薄明の中。

（私はあの薄明を忘れない）

少しだけ、月に目を向ける、
薄明を奪った月を。

それからカーテンを閉め、
自分と私の子どもの姿を背後に隠す。

Ⅱ

いま、私には何も見えない。
私は一人で机に向かい、書く。
私は言葉を選ぶ、大地から取った言葉、
根っこからとった言葉、哀歌の
夢見がちなエッセンスから取った言葉。
苦く、あけすけな言葉。

解説

イーヴァン・ボーランド（一九四四〜二〇二〇）は外交官の父（フレデリック）と画家の母（フランシス・ケリー）の間に生まれた。五歳のとき、父親の仕事の都合でイギリスに転居、一四歳になってアイルランドに戻るも、故郷を奪われたという感覚は現在でも彼女の精神を規定し続けているらしい。若き日のボーランドは故国アイルランドに夢中になり、詩を書きはじめてからはイエイツをはじめとする母国の文学的伝統を敬愛して、まだ酒も飲めないうちから詩人の出没する居酒屋に通いつめたりした。

詩人のデレク・マホンは詩人の卵だった頃のボーランドのことを「男性に支配された文学的土壌と彼女が正しく認識していた世界でなんとか自分を認めさせようとあがいて」いた、と評している。やがて彼女はアイルランドの文学伝統における女性詩人というものの存在をもっと深く、真剣に捉えるようになる。男性詩人の描く女性は、彼女の目には単純で、一方的に描かれた木偶のように映る。他方で、自らの女性詩人たる立場の内実にも目を向けざるを得なくなる。

詩的自伝というべき『オブジェクト・レッスン』において彼女はこう語っている。「私は女性という言葉と詩人という言葉がほとんど磁石のように反発しあう国で自分がものを書きはじめたということを今は知っている。……私はこの二つ（女性と詩人）の間に穿たれた空間に慣れはじめていた。ある意味で、私はその距離を越えるように叫ぶことによって詩人の声を獲得したのだ」。

「呼ばれて」

冒頭、「私」は母方の祖母の墓を探しに行く。ポーランドが生まれる前、彼女の母親を産んだ後、その産院で若くして命を落としたのだ。その祖母の墓探しには彼女の強い意志があった。先述した『オブジェクト・レッスン』を改めて参照しておこう。

「こんな風にして我々は過去を作り出すのだ。……私は何度となくそれ（過去）を訪れ、それを作り直す。しかし本当に旅をした女性にはそのような自由はなかった。彼女の旅こそが本当の旅だった。……その女性とは私の祖母であった」。

この詩の「私」も歴史のあぜ道で姿を消した祖母の姿を取り戻そうとする。「彼女が見られたときに見てやろう」とするもの、それは祖母の失われた墓石であり、同時に祖母の経験した過去、歴史そのものである。しかし墓は姿を見せない。たとえ何度再創造が許されても、本当の過去は詩人の前に現れないのだ。ただ、草むらに点在する墓石と、墓石を飾るくずれた彫刻の天使の羽根が全てだった。

今度こそ、と意気込んだ彼女も結局帰路につく。歴史上の逸話に彩られた風景が、車で移動する彼女の目の前で次々に飛び去る。一七世紀、イングランド・オランダ連合軍とスコットフンド軍が天下分け目の戦を繰り広げたボイン川流域も、「戦と歴史とを奪われて」単なる遠景にしか見えない。

その代わりに「私」の目前に現れるのは夜空、そこに浮かび上がる星座。しかし普通の星座ではない。ありふれた星座から姿を変えて女の形に変わる。羽根をもつ彼女らはこの世界を支えている。新たな星座、それによって再創造された神話は何を物語るのだろう。

大胆に推測するなら、この新たな星座の出現は冒頭の墓の場面と呼応している。星座の配置は散在する墓石の配置と微妙に重なりはしないだろうか。墓石には天使の翼があったはずだ。新たな星座は見つからなかった墓、または若死にして歴史から消えていった「私」の祖母を想起させはしないだろうか。

たぶん詩人は自らその効力を否定した歴史の再創造をあえて果敢に行い、男たちの「戦や歴史の奪われた」新たな歴史を描こうとしているのだ。今まで隠されていたもう一つの女性による歴史として。

「小包」

この詩は母親が娘であるボーランドに伝えようとする技によって小包を作るまでの作業を丹念に描写していく。母から伝えられた技の記憶を留める詩。しかしそれは「消えゆく技」とあらかじめ断言されている。消えることと記憶することのいたちごっこのような詩。たとえば「私」の心に突然、過去の場面がよぎる。はさみを研ぐ研ぎ師、値段交渉、灰色の階段。それもまた、母の手わざと同じく、「私」に手渡された記憶の断片である。詩に書きとめることによって想起され、それでいて記憶の引き金を引いたはさみとともに消えてしまうであろう記憶。

他方小包を作る手わざと一緒に、多くのすでに消えたものが列挙される。汽車、汽船、線路、線路の前に消えた駅、駅のあった大陸。入れ子細工のように、「消える」という言葉を媒介として目の前に逆に浮かんでくる一つの世界。それは歴史が見えない多くの世界を内包していることをむしろ教えている。

「郊外に住む女―さらなる点描」

郊外に住む女、それは詩人自身である。郊外に暮す一人の主婦として、子どもの母親として生活する自分自身。詩人である自分自身が、生活者としての自分である「もう一人の女」が「私の子ども」をあやす姿を外から眺めている。

Ⅰで詩人である「私」は、「もうひとりの女」を観察することでいつのまにか自分の家から追い出されてしまう。Ⅱでは「私」が自らの生活に接近しようとするが、彼女の日にはなにも「見えない」。見えない彼女に残された手段は「苦く、あけすけな言葉」、そう言葉である。静寂を奪う言葉を留めるペンの響きは、詩人のいう「叫び」そのものかもしれない。

ドイツから来た子

ロン・バトリン
遠藤不比人 訳・解説

ドイツから転校してきたクラウス。孤独に押しつぶされそうになりながらも、少年は少しずつ英語を覚えていったが、ある日、またドイツ語しか話さなくなってしまう。そんな幼い日を思い出しているわたしはいま、人生の岐路に立とうとしていた……。

どしゃ降りの雨の中でひとり立ちつくす女が窓の外に見える。その姿を見ているうちにふとクラウスのことを思い出す。ドイツから転校して来た子。そう、あのびしょ濡れの女が顔に浮かべている表情のせいで……ひどく侘しく、愛に完全に見離された感じ。そのわきをひとは足早に通りすぎていく。誰かが微笑みかけても、女はほんの一瞬ためらいの表情をするだけ。そしてすぐに視線をそらしてしまう。

三十分ほど前、オフィスに来る途中にそばを通りすぎたとき、ぼくはショーウィンドーを見るふりをして彼女と視線をあわせなかった。でも、ここからならぜったいに気づかれずにじっくり観察することができる。誰かを待っているらしい。いまになってわかったが、ショーウィンドーを見るふりなどしたけれど、きっと気づいていたはずだ。通りすぎるひとが数分毎にみな同じことをしているのだから、こんなに頻繁にやられたら気づかないほうが不思議だ。もしかしたらほんの一瞬のあいだ彼女に憐れみの気持ちをもったかもしれない。同情なんて感情はじつに無責任で安易なものだから、それだけに残酷なものである、と自分でもわかっている。そう、嘘じゃない、それをおしえてくれたのはクラウス、きみだった。

今朝はオフィスに来ても、なにもしていない。わたし宛の手紙は山積みで、なかには「至急」というのもある。でも仕事をしないで、窓際で、ちょうど向こう側にいるあのびしょ濡れだけど身なりだけはいい女をじっと見ているだけだ。四十代なかばくらいだろうか。泣いているようにも見えるが、ここからではわからない。あ、こちらを見ている、窓からすこし離れなければ。

いまでも憶えている。クラウスが教室に連れてこられる前に校長が話していたことを。「クラウス君はみんなと変わらないからね」「いいかい、きみたちといっしょだからね」

でもクラウスが教室に入ってくると、みんなといっしょでないことが一目でわかった。見た目もちがえば、話し方もちがう、ぼくらと同じ制服を着ていても、ちがう服を着ているみたいだ。ぼくたちはクラウスを見ていたけど、クラウスはうつむいて床を見ている。クラウスの髪は金色で、顔は青白く、背はとても高い。肩がふるえている。腕もひょろ長いだけにいっそう肩がふるえて見え、両手はまるで電気ショックでも受けているかのようにピクピク痙攣していた。

「クラウス君だ。これからきみたちのクラスの一員だ」校長はからだが小さく赤ら顔だった。あまり小柄で顔がひどく赤いものだから、はたから見ていていつも辛そうな感じがした。それから数ヶ月してこの校長は日射病で亡くなったのだけれど、亡くなったその日の午後のひどい暑さのせいで爆発したのではないかと思ったくらいだ。

家の大人たちは階級という意味で「クラス」という言葉をよく口にしていた。けれど、当時のぼくは長いことクラスの同級生のことを話しているのだと思っていた。みんなクラスも階級も同じだったから。だから「あの子は階級《クラス》がぜんぜんちがう」と大人が話しているときなど、誰かがすこしばかり年上か年下なのだと思いこんでいた。だからクレアおばさんが学校に来た日、クラウスはほかの子とはクラスがちがうと話していたとき、それはまったくおかしい、だってクラウスはぼくと同い年だし席も隣で一番の仲良しだとおばさんに大慌てで抗議したくらいだった。すると、おばさんが、優しい子だねとほめてくれたものだから、ぼくは興奮した口調でこれからドイツ語の勉強をするんだ、と宣言したりもした。「困っているクラウスのために親切にしなくてはいけないよ、けど、自分の勉強もしっかりするのよ」とクレアおばさんは微笑んでくれた。

これからクラスの仲間になるというのに、クラウスはぼくらに視線を向けようとはしない。ますます緊張した様子で、膝までふるえ、両手はあの「電気ショック」の痙攣をどうにかしようとして、制服のすそを握りしめているけれど、大きな体のせいで制服のすそは握りしめるほどもないから、さらに緊張してひどくふるえている。

校長はクラウスを教室の世界地図の端のところに連れて行った。その地図は大英帝国の部分が赤く塗られている。クレアおばさんが「なんでよりによって赤なんだろうね」と言っていた地図だ。校長はドイツを指差してクラウスにドイツ語で話しかけた。するとクラウスはドイツ語で「はい、先生《ヤー・マイン・ヘル》」と答えたが、うつむいたままだ。それからすぐに顔を上げたのだけれど、地図を見るのではなく、ぼくたちのほうを見て、ほんのちょっとだけ微笑み、すぐに真っ赤になってまた床に視線をおとしてしまう。クラスのひとりがくすくす笑う。校長はゆっくりとした口調で続ける。

「クラウスはドイツから来ました。ここがドイツです」校長はまた地図を指差した。「ドイチュラント」と言うと校長はクラウスに微笑みかけて、ぼくたちのほうを見た。

「ドイチュラントというのはドイツ語でドイツのことです。だれかドイツ語ができるものはいるかな」ずっとくすくす笑っていたやつが急にクラウスの真似をして「はい、先生《ヤー・マイン・ヘル》」とドイツ語で叫んだものだから、みんな大笑いしてしまった。

クラウスの席はぼくの隣だった。英語はしゃべれなかったが、ラテン語でどうにか話が通じた。ドイツで生まれ育ったのだけど、お父さんが死に、お母さんがイギリス人と結婚したのだと教えてくれた。まだイギリスに来て一週間だけど、気に入っている、ぼくたちは友だちだ《アーミキー・スムス》、とクラウスは言った。もう二十年も前の話だ。

そろそろ仕事にかからなくては。いつもなら、わたしは仕事熱心だ、そう、とても熱心だ。為替の取引が商売で、金を買ったり売ったり貸したりする仕事だ。ある特定の顧客とだけ個人的な取引をしている。顧客からは信用されている。いままでのことがあるから、これから将来も大丈夫だろうと顧客は思っているのだろう。あてにしてくれるというのならこれまで通りのビジネスをするし、そうすればわたしを信用して間違いなかったということにもなる。いずれこのわたしが会社の代表ということになっている。本当だったら喜ぶべきところなのだが。

子供の頃、うちは裕福だった。資産があって父がそれを上手に運用していたから。パブリック・スクールに通いオックスフォードで古典を専攻した。秀才というよりはガリ勉タイプだった。大学の三年目に父が他界しすぐに帰郷したのだが、そこで聞いたのは父が自殺したということだった。わが家は完全に破産した。なにからなにまで売ることになり、わたしはオックスフォードを中退し、ロンドンの金融街《シティ》で働くことにした。その後十年間わたしは仕事ばかりしてきたが、それも家の名誉を回復するためだ。

昨日の晩はシルヴィアと結婚記念日の特別な夕食をとった。結婚して五年目。食事のあと妻は夫として恋人として投資銀行家としてわたしのことを誇りに思うと言って、キスをしてくれた。

ごく最近になって会社の帳簿を詳しく調べる機会があったのだが、それを見てはっきりしたのは、会社のビジネスのやり方がオフィスの家具調度が古臭いのとまったく同じく絶望的なまでに時代遅れであるということだった。いまの債務からいって状況を打開しようにももはや手遅れである。年末までには倒産するだろう。厳密に言えばすでに破綻しているわけだが、まだ誰もわたし以外は気づいていない。でも、これがシティで噂にでもなれば、すぐにでも店じまいだ。傾きかけた会社は、ことに格式がある会社なら同情はされるだろうが、だからといって投資してくれるわけではないのだから。妻に伝えたい。ビジネスのパートナーにも知らせたい。

しかし何も言っていない。何も言えずにただオフィスの窓の外、どしゃ降りの雨の中でひとり立ちつくすまったく見ず知らずの女をじっと見つめているだけだ。彼女はさっきからほとんど動いていない。雨に濡れて寒そうに見える。とても悲しそうだ――すぐにでもそばに行って、「心配ないからね」と言ってやりたい。そこまでしなくても、せめてここから微笑みかけてやりたい。そうしてやりたいのだが、実際はできないことを自分でもよくわかっている。

寄宿舎での最初の晩、クラウスはわたしの隣のベッドでずっと泣いていた。部屋は暗かったが、毛布をかぶったクラウスの姿がぼんやり見えた。ベッドに膝をついて前かがみになり枕に顔をうずめていた。

「クラウス、クラウス」小声で呼びかけた。音がしないように近くに寄り、彼のベッドに腰掛けた。

「もう泣くなよ。ここに来たんだから。きっと楽しくなるから、ぼくもきみも。うそじゃないから」

涙と毛布で声はよく聞こえなかったけれど、クラウスは返事をしてくれた。わたしが口にした言葉を一言も理解できなかったと思う。クラウスが泣いているあいだ三十分くらい近くにいてあげたが、それからわたしは寝てしまった。次の晩も同じだった。そのあとの晩もずっと。昼のあいだクラウスは大丈夫だった。よく勉強し遊びにも参加していた。言葉も少しずつ上達した。けれど夜になると眠るまで泣きつづけた。そしてある日のこと、午前中の休み時間に突然、クラウスはわたしに言った。これからはドイツ語しか話さない、きみは別だけど。最初は冗談だと思ったけれど、彼は本気だった。

次の時間は算数だった。授業が終わる頃になると、先生はその日やった問題を声に出して復習し始めた。

「クラウス君、では第四問をお願いする。貯水槽の問題だ」クラウスは起立し答えを言った。自信なさげに口の中でもごもご言っているだけだ。もう一度、と先生が言った。するとクラウスはもっとはっきりと答えた、「ツヴァイ・ミヌーテン」。クラスのみんなはどっと笑い出し、先生まででちょっと笑ったが、すぐに英語で答えてくれとクラウスに言った。

「ツヴァイ・ミヌーテン」みんなはさらに大声で笑ったが、先生の表情は今度は厳しかった。

「クラウス君、英語で答えたまえ」先生はきつい調子で言った。

「ツヴァイ・ミヌーテン」クラウスはただ繰り返す。机の端を強く握りしめて全身をふるわせながら。もう一度先生は英語で答えなさいと言い、クラウスの答えにまたクラスのみんなが大声で笑った。クラウスの顔は真っ白。あまりに強く机を握りしめるものだから、そのうち机は床のところでカタカタ鳴りだす。クラウスはただ繰り返す。「ツヴァイ・ミヌーテン、ツヴァイ・ミヌーテン、ツヴァイ・ミヌーテン……」前をじっと見すえ、まわりの雑音はまったく耳に入らない様子で。

先生は途方に暮れていた……席につきなさい、と命じてもクラウスは座ろうとしない。もう答えはよろしい、と命じても答えを繰り返す。教室の隅で立っていなさい、と命じてもその場を動こうとはしない。「ツヴァイ・ミヌーテン、ツヴァイ・ミヌーテン……」涙がこぼれて頬をつたい、喉がつまっていたけれど、クラウスは繰り返し答えつづけた。そしてしまいには保健室に連れて行かれた。

そのあとクラウスは教室に戻ってきたが、二度と英語を話そうとはしなかった。数日後クラウスは家に帰された。それ以来クラウスと会ったことはないし、いまのいままで思い出すことすらほとんどなかった。

雨はやんでいた。女はまだあそこに立っていたが、日が射してみるとさっきほど惨めな姿でもない。でも四十分はあそこにいることになる。

さあ、仕事だ。今日一日どうにか仕事をして過ごし、家に帰らなくては。会社がもう駄目だということをシルヴィアにどうやって話せばよいのか、考えなくてはならない。

妻は夕食の支度を済ませてわたしの帰りを待っているだろう。わたしたちは子供たちと食事をとり、寝る前には本を読んでやり、そのあと妻とテレビなど観る。それからすぐ寝る時間。でもそのときになってもまだ、わたしは妻に会社のことを話してはいないだろう。

そうして明日になれば会社に出てくる。その次の日も。「至急」とスタンプが押された手紙、電報、会議、昼食、むずかしいビジネスの話などなど。夕方になるとシルヴィアのもとに帰る。家と会社の往復を繰り返すばかり。でもなにも言えないまま。

女はショーウィンドーをのぞきこんで身だしなみを整えはじめた。帽子の位置を直している。道路をこちらに渡り、足早にオフィスの窓の前を通りすぎ、大通りに消えていく姿をわたしはじっと見ている。

立派な革張りの椅子に深く腰をおろす。いつ電話が鳴って面会だと秘書が伝えてきてもおかしくない。それまではなにもせずに机の上に脚を投げだしておこう。でも、どれくらいのあいだ?

「ツヴァイ・ミヌーテン、ツヴァイ・ミヌーテン……」ああ、クラウスの声が聞こえてくる。いまのわたしならわかる、「二分」を意味するそのドイツ語が一生の長さにも感じられることを。

そう、ほとんど一生の長さにも感じられることを。

解説

ロン・バトリンは一九四九年エディンバラに生まれ、現在も同地に在住。小説だけでなく戯曲も書き、詩集を出版し、さらにジャーナリスティックな文章も書く多才な作家である。

ひとが本当に孤独なとき、どんなに親しい友人も家族も慰めにはならない、ひとは絶望的なまでに「ひとり」である——この短い小説はそんな悲しいメッセージを帯びている。冒頭降りしきる雨の中で立ちつくす女、それをただ見つめている語り手、その語り手がふと思い出したドイツからの転校生。みなそれぞれ誰にも話せない、誰にも理解することができない孤独を深く抱えている。

どうやらこの短編は、そういった孤独や悲しさを「水」で象徴しているようだ。冒頭から作品を覆い尽くす雨、夜毎に寄宿舎の枕を濡らすクラウスの涙……なによりも象徴的なのは意外なことにあの算数の問題、そう「貯水槽（reservoir）」についての問題である。作品はこれがどういう問題であるのか詳しく説明していないが、答えがZwei Minuten（二分）であることから、たぶん、貯水槽に水がいっぱいになるまでの時間を問うような問題なのだろう。クラウスが英語で答えることを拒絶し、母語のドイツ語で答えを連呼するとき、まるで水をいっぱいに湛えた貯水槽から水があふれ出すように、クラウスの我慢に限界が来ている。孤独に耐えることができるぎりぎりの限界、その許容範囲を超えてあふれ出る水は、寄宿舎の枕を濡らす涙となり、そしてあの孤独な女を濡らす雨となって作品にあふれることになる。Zwei Minuten は英語の a few minutes と同じく「すぐに」といった含みもあるから、この答えは少年が孤独に耐えることができる時間がそうは長くないことを暗示しているのかもしれない。さらに想像してみれば、この Zwei Minuten は、母親がこの少年のもとを離れるときに「すぐ戻って来るから」という意味で口にした言葉なのかもしれない。もしそうだとすれば、この語は少年の心に傷となって刻み込まれて、それゆえに機械的にただ少年の口で繰り返されることになる。

この孤独を象徴する「水」とコントラストをなすのは、どうやら「火＝赤」のイメージである。作者の生まれた年からいってクラウスが転校して来たのが第二次大戦直後ではないにしても、この作品からはどこか戦勝国イギリスと敗戦国ドイツといったことが連想される。真っ赤に塗られた大英帝国 British Empire の領土、その地図でドイツを指差す（ドイツはその地図で東西に二分されているのだろうか）多血症気味の真っ赤な顔をした校長（あまりの赤さに太陽の熱で爆発したと語り手に想像される）、それらが真っ白な肌をしたクラウスに、無言ながら大きな威圧感を与えていることは想像に難くない。

歴史的な背景としては、むしろ東西冷戦が見えかくれする。言葉の端々に保守的な感じが否めないクレアおばさんが、赤く塗られた大英帝国を見て「わざわざこんな色にしなくても」と嘆くところがあるが、この赤という色はソ連ないし共産圏の国を連想させなくもない。さらに、この保守的なおばさんは「クラウスはクラスがちがう」と言うが、この意味でもクラウスは孤独なのであろう。クラウスは二重三重に孤独である。

事業に失敗した父親に代わり家名の挽回のために精勤してきた語り手の会社も倒産寸前である。シティは由緒ある会社の破綻に同情はするけれど、融資はしない。「同情という残酷でもっとも安易な感情」とつぶやく語り手に、それは骨身に沁みてわかっている。そして、それをおしえてくれたのがクラウスであった。夫を信頼しきった妻、年端も行かぬ子供たち、事情を話せぬままにいつものように会社で勤めを続けるふりをする語り手にとって、二分は途方もなく長く感じられる。二十年前にクラウスが繰り返したあの言葉が、あのクラウスと同じくらいに絶望的な孤独感をともなって、語り手の耳に響くことになる。

トンネル

グレアム・スウィフト
片山亜紀 訳 解説

古い団地で暮らすぼくとクランシー。駆け落ちてはじまったふたりの甘い生活が、生活費が底をつくとにわかにくずれはじめる。しかし、そのとき窓の外に見えた光景は……。

その春から夏にかけて、クランシーとぼくは灰色の煉瓦づくりの古い団地の四階で暮らしていた。そこはたぶん、デットフォードかバーモンジー、ロザハイズかニュー・クロスだったけれど、正確な地名はとうとうわからなかった。家賃は安かった。団地は秋に解体されることが決まっていて、すべての住人に向け、九月までに撤去してくださいという通知が出ていたのだ。もう出ていった人がほとんどだったので、まだとどまっている人は廃墟で野営を続ける生き残りみたいだった。住人の出ていった部屋は夜に荒らされ、悪臭を放った。階段の吹き抜けの古いクリーム色の塗装は、ところどころ煙草のニコチンのような大きくて黒いシミがついていたけれど、そこにスプレーで描いたスローガンやら卑猥な絵やらが加わった。あの雨ひとつ降らなかった暑い夏のあいだ、街路の埃とかゴミとか、古新聞のちぎれたページとか、ポリ袋とかがひっきりなしに階段を何段も吹き上げられ、ときには四階まで上がってきていた。

ぼくらは気にしなかった。持ち合わせのお金でやっていけるのはそこしかなかった。みすぼらしいなかに二人だけの安息の地を作ることができて、逆にうれしかったくらいだ。ぼくらはとても若く、高校を出たてだった。すっかりおたがいに夢中になって、一ヶ月後、二ヶ月後はどうするとか、冬になったらどうするとか、どこかほかに住むところを見つけないと、などと考えたりはしなかった。恋に落ちたごく若い人たちだけがそうするように、飽きることなく愛を交わした。夏になって太陽の照りつける暑い日が果てしなく繰り返され、埃と悪臭がひどくなったときも、夏はぼくらへの天の恵みだと思った。家具はほとんどないし、窓からすきま風は入るし、ガスコンロは二つしかないけれど、天気さえよければこの部屋で申し分ない暮らしができる。わずかしかない服だって長持ちする。というのも汚れた窓ガラスを引き上げ、外でうだっている熱気を中に入れれば、ぼくらはたいていまったく服を着ないでいられたから。

ぼくらは駆け落ちしたのだった。クランシーの両親に妨害されずにいっしょにいるには、それしか方法がなかった。そんなに遠くには行かなかった。クランシーの両親が住んでいたのは、大きくて瀟洒《しょうしゃ》な一九世紀初頭の邸宅で、グリニッジ公園の近くだった。たとえ数キロしか離れていなくても、彼らにとって存在しない地域に入れば、イングランドの果てまで逃げたのと同じくらい安全だろうとぼくらは踏んでいた。クランシーの父親は政府の顧問をつとめる金融問題の専門家で、上院議員にも知り合いがいた。母親は上品でしっかりした、由緒ある家柄の出だった。警察に娘を捜索させるような人たちではなかった。でも、私立探偵を雇って、ぼくらの居場所を突き止めるくらいのことはやりかねなかった。焼けつくように暑くても四階の部屋からほとんど出なかったのは、そのせいもある。外出するときも、車がスピードを落として歩道に寄ってくるんじゃないか、にわかに急ブレーキをかけて男たちが飛び出してきて、クランシーを車内に引きずりこむんじゃないかと、ぼくらはいつも目を光らせていた。

クランシーの身内は少なかった。クランシー本人と母親と父親だけで、それと年老いた伯父さんが一人、クランシーが幼い頃は夏にいつも泊まりに行っていたという、サフォークの古い領土屋敷に引き籠って暮らしていた。クランシーの父親は、自分がかつては高貴だった家系の生まれで、その血筋はヘンリー八世の時代にまで遡ることができるということを誇りにし、しきりとこだわっていた。そしてヘンリー八世その人のように、クランシーが成長するにつれ、妻にも娘にも冷淡になった。妻も娘も、息子がいないということをつねに彼に思い出させる存在だったのだ。彼にはその事実を変えることがどうにもできないらしかったけれど、ただ一人の跡継ぎを下層階級に埋没させまいということにかけては、断固たる態度に出た。

ぼくがクランシーの両親と会ったのはただの一度きりで、偶然ある土曜の午後、ママもパパも遅くまで帰ってこないから大丈夫と、彼女が請け合ったときのことだった。ぼくはグリニッジの邸宅に遊びに行っていた。クランシーのベッドで愛しあい、アルバムの写真を見せてもらい、いっしょにビーチ・ボーイズを聴いた。温室の葡萄の下に二人して座り、パパの秘蔵のモルトウィスキーを嘗めてみてよとクランシーがぼくに勧めているときに、両親がその夜の予定を変更し、急に帰ってきたのだった。クランシーの父親は、氷のように冷たくよどみのない調子で、どちら様でしょうか、お引き取り願えませんかと言った。まるでぼくがその邸宅にいることがクランシーとは一切かかわりのないことで、ぼくはただの通りすがり、見も知らぬ闖入者という格好だった。父親は背が高くて冷静で、鋼《はがね》色の髪をしていた。そんな状況での対処法など生まれたときから心得ていて、必要とあればわけなく実行してのける風だった。父親も母親も、そしてたぶんクランシーも、どこか完全によその世界の人みたいだとぼくは思ったものだ。とっくの昔に存在しなくなった世界か、みんなの想像のなかにしか存在したことのない世界。だから団地の窓の外を見ながらクランシーの両親のことを考える時はいつも、あの人たちは実在の人たちなのだと、努めて思い返さなくてはならなかった。

ぼく自身の両親は、まったく障壁にはならなかった。ぼくは彼らが中年になってからの子で、年齢に大きな開きがあったために、変な話、それが親子関係を円滑にした。うちの親は、ぼくがどう生きるかで気を揉んだりしなかった。ウリッジの公営住宅に住んでいる彼らは、輝かしい模範というわけでもなかった。ぼくは大きな公立高校に通い、クランシーはブラックヒースの優雅な女子高に通っていた。エディがいなかったら、ぼくらが知り合うことはたぶんなかっただろう。エディは大きくてのっそりした、素朴な顔立ちの子で、その後王立砲兵連隊に入隊することになる。彼はいかにも彼らしい率直な言い方で、クランシーの通っていた高校の二人の女の子から処女を奪った、おまえもそうしたらと勧めてきたのだった。エディほど偉そうにはしなかったけれど、ぼくはエディの指示にしたがった(「あとでオレに感謝するって言ってやれよ」)。でもエディとちがって、一回口説き落として終わりにはならなかった。

クランシーの両親はやがてこのことを知った――クランシーも決然と真実を叩きつけるたちだ

った。娘がもはや無疵《むきず》ではなく、女子高生の妊娠というスキャンダルを起こしかねないとわかったことと、そもそも公営住宅育ちの少年とつきあっているという事実と、どちらが彼らをより激昂させたのかはぼくにはわからない。ぼくにわかっていたのは、クランシーの父親ともし顔を合わせることがあったら、何を話せばいいかだった。ゴーギャン（当時いちばん気に入っていた芸術家で、ほかの芸術家のことは何も知らなかった）の手紙に書いてあったことを繰り返せばいい。ゴーギャンがどこかで言っているんですが、タヒチの人たちはヨーロッパ人とちがい、若者は愛を交わしたから愛し合うのであって、その逆ではないと考えているそうです。クランシーとぼくは、まっとうなよきタヒチ人というわけです——。それなのにその土曜の午後、チャンスが到来したときには——陽光は温室の葡萄の葉のあいだからこぼれ、クランシーは薄いサマードレスをまとい、ぼくの頭はモルトウイスキーでぼうっとしていたというのに——ゴーギャンの描いた南の島の楽園、ぼくにとってクランシーはまさにそのイメージだったのに、冷ややかで自信に満ちた父親の前で色褪せてしまった。

でも、クランシーの伯父さんは両親とちがい、鼻であしらったりしなかった。ぼくがそのことを知ったのは、団地で暮らしはじめて三週目の頃だった。クランシーはときどき外出して郵便局の口座から預金を引き出さねばならず、そのお金だけが当時のぼくらの収入源だった。ある日、彼女が持って帰ってきたもののなかに伯父さんからの手紙があった。どうやら駆け落ちしてすぐ、伯父さんならわかってくれるだろうと彼女は信じて、手紙ですべてを打ち明けたらしい。ただし、万全を期して住所は明かさず、ニュー・クロスの局留めでお返事をくださいと書き送っていた。クランシーは返事をぼくに見せてくれた。震える手でしたためられたその手紙には、愛情に満ちた決まり文句と、きっとうまくいくよという元気づけの言葉が書き連ねてあった。そこにはちょっとドライな感じもあって、要するにクランシーはもう分別があるのだから、自分の人生くらい自分で決められるだろうと言いたいらしかった。

ぼくは言った。「そんなに味方になってくれるのなら、伯父さんのところに行こうよ」バーモンジーにいながらにして、コンスタブルの風景画みたいに木漏れ陽の降り注ぐイメージが脳裏をかすめた。

「あの人たちがまずは当たってみるところよ」

「だけど、きみから連絡が来たって伯父さんは言わないよね?」

「それはそうだけど」

クランシーはそれから伯父さんの話をした。

夏に伯父さんの地所ですごし、泥んこになって腕白な遊びばかりしていた頃からずっと、彼女は伯父さんの大のお気に入りで、彼女も伯父さんが大好きだった。彼女が成長するにつれ（そのあいだに伯父さんは奥さんに死なれ、健康を害していったのだけれど）、伯父さんと自分の両親ではかなり気質がちがうことが判明した。父親は品格というものを重んじ、自分たち一族の名前を後生大事にしていたけれど、伯父さんは無頓着だった。ぼくは幸せだよ、跡継ぎを持たずに死んでサフォークの土になってもいいよ、と言っていた。そして、時代遅れの上流社会もどきに合わせてクランシーが厳格にしつけられることには反対だった。

「だからわかるでしょ」クランシーはそう言って手紙をしまった。「伯父さんに知らせないわけにはいかなかった。だって、伯父さんがまさに望んでいたことなんだから」

彼女は折りたたんだ便箋にキスをした。

「それにね」と、彼女は立ち上がって、わざと少しばかり間《ま》をおいた。「実は、伯父さんが死んだらわたしがみんな譲り受けることになってるの。ママとパパには何も遺さない。だからわかるでしょ——わたしたち、安心していいの」

彼女は勝ち誇ったようにそう言った。ぼくを喜ばせたくて、この知らせを彼女はしかるべきときまで取っておいたのにちがいなかった。でも、ぼくはうれしくなかった——うれしそうな顔はしたけれど。クランシーの出自が意味しているのがこういうこと、つまり多額の遺産が転がりこむ可能性があるということだなんて、実際考えたことがなかった。自分のことだって、大胆な駆け落ちをしてひと財産つかむというような、お話に出てくる冒険者みたいに考えたことはなかった。でも、ぼくがザワザワして、クランシーとの生活に（はじめて）一抹の不安を覚えたのは、そういうことのせいじゃない。ほかのこと、ぼくには理解できなかったことのせいだ。クランシーは微笑みながらうれしそうに窓辺に立っていて、背中から陽射しを浴びていた。ジーンズの上にガーゼみたいな薄いものを羽織っていた。それはクランシーのお気に入りで、光を背にして立つと透けて見えるから気に入っていたんだと思う。春になってはじめてのいい天気で、ぼくらははじめて窓を大きく引き上げ、室内のよどんだ空気を外に出し、少しはマシな空気を室内に取りこもうとしていた。スラムに逃げこんだ亡命者みたいに暮らしはじめて、二週間がたっていた。幸せそのものも大切だけれど、幸せがどうやって訪れるかも大切なんだと思った。

団地のぼくらの窓からは、ロンドンのその地域の醜いところがすべて一望できた。ちょうど道路の向かい側には小学校があった――新ゴシック様式の細長いアーチ型の窓が並ぶ、黒塗りの煉瓦づくりの建物だ。穴だらけのアスファルトの運動場は塀で囲まれ、塀の上には鉄条網が載っていた。その小学校は、団地と同じように夏の終わりに解体される予定だった。学校を一端として、窓の左手にはすでに解体済みないし解体中の区域が見えた。解体現場の仮囲いとか、壊した瓦礫とか、灰色のトタン板の山などがいたるところにあった。古い集合住宅の跡地は煉瓦色の荒野と化して犬がうろつき、人々が近道に使うところは踏み固められて小道になっていた。右手のほう、学校のもう一方の側には半端でわけのわからない区画があり、すりきれた芝生の上に発育不良の樹とベンチがあった。その向こうの脇道にはすでに店じまいをした店舗が並び、その先はまた荒地が広がって、廃材置場や、工事現場や、ほとんど操業していない工場などが点在していた。そこここにフェンスで囲った粗大ゴミ置場らしいものもあった。車軸が積み上げられ、オイルが流れ出して黒く溜まっているゴミ置場もあれば、錆びたドラム缶を積んでいるものも、ショーウィンドーのマネキンを積んでいるのもある――突き出た手足はアウシュヴィッツの収容所を思わせた。その先には煉瓦のアーチに支えられた線路がロンドン・ブリッジ駅まで延び、高層住宅、遊歩道、安普請《やすぶしん》のアパートなどが、解体作業がすでに済んだ地域に乱立していた。さらに右のほうを見れば、テムズの川岸でクレーン車が触覚を揺らしていた。

こういう風景をぼくらは好きなだけ眺めていられたけれど、四階だったので、ベッドに寝そべって（だいたいいつもそうしていた）窓の外を見ると、空しか目に入らなかった。天気のいい日には窓のサッシを高く上げ、長方形の陽だまりがゆっくり動いていくのに合わせてベッドを動かし、陽が出ているうちはだいたいずっと、外出しなくても日光浴していられるようにした。二人ともいい感じに陽焼けしてきて、ぼくはクランシーに言った――ゴーギャンが絵に描いた、南洋のシナモン色の女の子たちそっくりになってきたよ、と。

ぼくらはよく寝転んで、青い空を見上げた。ときおりハトやカモメが飛び、ツバメが高く舞い上がるのが見えた。一日じゅう道路とか解体現場とか破砕場から騒音が聞こえていたけれど、しばらくすると慣れて、ほとんど気がつかないくらいになった。時間の経過は学校の運動場にいる子どもたちが出てくるかでわかった。二人はベッドを無人島に見立てて冗談を言い合い、ぼくらとぼくらの部屋について、ジョン・ダン風の詩をこしらえた。

駆け落ちのためにあわてて荷造りしたときにもっと本を持ってくればよかったと、ぼくは思うようになっていた。持ってきたのは『ゴーギャン伝』と、学校の国語の先生から借りっぱなしにしていた『イギリス・ルネッサンス時代のソネット、抒情詩、マドリガル』だけだったのだ。

国語のボイル先生のことを、ぼくはしきりに思い出すようになった。エリザベス朝の詩に多大な情熱を注いでいた先生は、その情熱をなんとか一四、五歳の生徒たちに伝えようと苦労していたけれど、その苦労はいつも徒労に終わっていた。生徒たち——ぼくもだ——は先生を笑い者にして、同性愛者だと噂を立てた。ところが最終学年でクランシーと出会ってから、先生が読ませようとした詩が、その軽い透明感が、その結末のない結末が急にわかるようになった。ボイル先生はとうとう努力が報われたと思ったのだろう。本を何冊もぼくに押しつけ、レポートに長々とコメントをつけてきた。でもぼくが先生に言いたくてたまらなかったのは、こういうことだった——ただクランシーのおかげなんです、彼女がまるで先生の詩みたいに軽くて透明だからなんです、二人で純真さを捨てましたが、それでも純真さを大切にしているからなんです、雨の木曜日にグリニッジ公園の人目につかないところで愛を交わしたからなんです……。

ぼくは裸のままベッドの陽だまりに寝そべって、ボイル先生の本を声に出して読み上げた。こんな風に読まれるって、先生は予想していただろうか？ クランシーはお気に入りの箇所で身をよじって笑った。詩人の多くはジョージ・タバヴィルとかトマス・ヴォークスとかいう名前の、ほとんど知られていない無名の人たちだった。ぼくらは彼らの容貌はどんなだったんだろうとか、どんな恋人に宛てて詩を書いたんだろうとか、恋人とはどこでセックスしたんだろう、四柱式ベッドだろうか麦畑だろうか、などと想像をたくましくした。やがてクランシーは言った。「ううん、たぶん全然そんな人たちじゃない。たぶん冷酷な陰謀家で、宮廷での地位がほしくて、ただしきたりに従って詩を書いただけなのよ」こんなふうに、クランシーはどうしても言わずにいられないというように、鋭い洞察を急に口にすることがあった。そして彼女の言うことが正しいのは、ぼくにもわかった。

「きみのパパみたいに、ってことだね」と、ぼくは言った。

「そうね」と、クランシーは笑った。きみのパパのことを考えるといつもヘンリー八世を連想するんだとぼくが言うと、グリニッジ公園にはなかが空洞になっている古い樹があって、ヘンリー八世はそこでアン・ブリンをファックしたのよ、と言った。

夜になっても暑さが引かず、昼間ほとんど起きずに愛し合ったせいでくたびれているときには、ぼくらはよく横になって明け方まで目を覚ましていた。クランシーはよくサフォークの伯父さんの地所の話をした。古びた赤煉瓦の屋敷があって、背の高い煙突が何本も伸びている。厩舎と、芝生と、塀に囲まれた果樹園と、雑草が伸び放題になっている庭があって、庭の奥は森へと続いている。森を抜け、ヒースの草原を抜けると入江の端で、海水が入りこむ。沼地に、険しく切り立った川岸に、牡蠣の養殖場があって、泥と潮のにおいがする。木造の小さな波止場には手漕ぎボートが二艘つながれ、潮が引くと泥のなかに座礁する。引き潮で暑いときには太陽が泥を温めるので、水が戻ってきても温かく、泳ぐとスープのなかにいるみたい。沼地にはツクシガモやアカアシシギがいて、あるときはカワウソも見た。そして森にはフクロウがいて、夜には屋敷にいてもホーホーと啼いているのが聞こえる。

クランシーがそんなふうに細かく描写するのを聞いていると、もう何年も前に彼女がそんなことをしていたというのに、彼女が存在していることもぼくは知らなかったなんて、と愕然とした。そして不可能なことをぼくは望んだ——二人ともよちよち歩きの頃、同じ道をいっしょにたどって、沼地の同じ鳥をいっしょに観察して、同じ泥水のなかでいっしょに水浴びできたらよかったのに。彼女がとりとめもなく話していると、電車が線路を行き来するのが聞こえた。あるときはちょうど森のフクロウの話をしていたとき、テムズで船がホーホーと汽笛を鳴らすのが聞こえた。それに夜のあいだはずっと、団地の内部の音が変に混じり合って聞こえた——ラジオ、テレビ、人々の言い争う声、老人の咳、ビンが割れる音、子どもたちが階段に侵入してくる音、そしてだれかが子どもたちを追い出そうとして叫んだり罵ったりしている声。でも、ぼくらがそういう音を気にすることはほとんどなく、ロンドンのその地域にいても、クランシーがあれこれ話せば、外には干潟と沼地と草地が、土手と水門があると想像できた。学校の統一試験のために勉強した『ロミオとジュリエット』のセリフを思い出そうと、廃材置場と粗大ゴミ置場ではなくヴェローナの広場と鐘楼《しょうろう》があると、二人して想像してみたときと同じように。

「伯父さんはどんな人なの?」ぼくはクランシーに訊いた。

「好色オヤジのくせに、車椅子に納まってるから何もできないの」クランシーは笑った。「あなた、きっと伯父さんのことが気に入る、似てるから」

ぼくは車椅子なんて持っていないよと言った。

「そういうことじゃないの」

「伯父さんはいくつなの？」

「七三歳」

「何をしてるの？」

「こういう天気のときは、看護師さんと果樹園に出て座ってる。看護師さんはビキニを着て、お酒を持ってきてくれる。伯父さんは昔ちょっと絵を描いてた——水彩画ね——病気になる前だけど」

うつぶせに寝そべったぼくのふくらはぎを、クランシーは撫でていた。自分が車椅子に座っているところなんて、ぼくには想像できなかった。

「どのくらい病気なの？　真面目な話さ」

「かなりよくない。冬がいけないの。あそこは冷えるのよね。あの屋敷はあまりいい状態とは言えない」クランシーはまるで将来住むところというつもりで話しているみたいだった。「去年の冬なんて、伯父さん、死にかけたのよ」

ぼくはクランシーの伯父さんがセクシーな付き添いといっしょに果樹園に座って、最後になるかもしれない夏を堪能しているところを思い浮かべた。

ぼくは言った。「伯父さん、幸せだと思う？」

「前よりは幸せだと思う。伯母さんが死んでからがいちばん幸せなんじゃないかな。でも、病人になっちゃった」

　サフォークのことをあらかた話してしまうと、クランシーはぼくにゴーギャンの話をしてよとせがんだ。フランスで株式仲買人をしていたゴーギャンは、その仕事を辞めて絵描きになったんだ、とぼくは言った。妻も子どもも捨ててタヒチに行き、タヒチの女の子と暮らしながら最高の絵を描いて、貧困のなかで梅毒にかかって死んだんだ。

　ある日、クランシーはいつものように郵便局に出かけたまま、なかなか戻ってこなかった。ぼくは心配になった。親たちのスパイがとうとう襲いかかってきたんじゃないかと思ったのだ。でも、ほどなくして汗をかきながら戻ってきた彼女は、お金と、買い物袋と、かさばる茶色の紙袋を持っていた。「ほら」と彼女は言って、ぼくにキスしてブラウスを脱いだ。「あなたのよ」紙袋には六色の水彩絵具と、絵筆が三本入っていた。

「あなたは画家にならなきゃいけないのよ」とクランシーは言って、ちょっと間《ま》を置いて付け足した。「——それか詩人ね」

「でも、こんなもの買っちゃいけなかったよ。お金がいるのに」

「わたしのお金だもん」

「だけど——どうやって描くのかわからないよ。絵なんて子どものときに描いたっきりだよ」

「そんなことはどうでもいいの。あなたにはセンスがある。わたしにはわかる。芸術家になるべきなのよ」

一人か二人の芸術家を崇拝しているからといって、自分が同じ才能を持っていることにはならないと、ぼくは言いかけた。

「でも何に描けばいいんだろう？　描くものがないよ」

クランシーは蛇口の水をマグについで一気に飲み干し、手をひらひらと振った。「そこにいっぱい描けばいいじゃない――あっちにもいっぱい描けるし」クランシーが指差していたのは部屋の二面の壁で、壁紙が剥がされて漆喰が見えていたり、あるいは自然と剥がれたりしていた。「パレットには流しの水切りを使えばいい。お望みならわたしを描いてよ」クランシーは残りの服を脱ぎ捨ててベッドに飛び乗り、髪をうしろに払い、片膝を立て、片方の腕をぐいと伸ばした。

そういうわけで、ぼくは部屋の壁に絵を描きはじめた。クランシーの気まぐれを疑っていたことはすぐに忘れ、逆にありがたいと思うようになった。クランシーがぼくのことをそんなふうに考えてくれているなんて本当にうれしかったし、感動もしていたんだと思う。それにぼく自身、屋根裏部屋の芸術家になって奇跡を生み出してやろうとこっそり夢見ていないでもなかったから、彼女の考えはちょうどその夢とぴったり重なるものだった。

ぼくの絵には技術が欠けていたし、主題もありきたりだった――椰子の樹、楽園の果物、礁湖《ラグーン》、花柄の腰布をつけた現地の女の子たちなど、すべてゴーギャンから盗んだものばかりだった。でも本当は何を描いているのかぼくはわかっていたし、クランシーもぼくが実のところ何を描いているのか、どんな意味を込めているのか、わかっていた。現地の女の子は、クランシーのつもりだったのだ。それに一人、また一人と描き足していくと、それほど稚拙でも不格好でもなくなってきたので、ある日、ぼくは本当に絵のなかでクランシーをつかまえようと試みた。六月の初旬、ぼくがずっと壁の最初の一面に取りかかっているあいだ、クランシーは伯父さんに手紙を書き、ぼくがどんなにすばらしい才能を持っているかを説いて、人生を本当に理解している人はほんの一握りしかいませんと書いた。幸せに何かに熱中しているのはたやすいと思えた。自分の居場所を見つけて愛を交わせばいい。バーモンジーのみすぼらしい部屋を借りて壁にポリネシアの風景を描けばいい。クランシーの空想はもっと膨らんでいったけれど、ぼくはとくに気にしなかった。あるとき絵筆を洗っているぼくの首にクランシーが抱きついてきた。「伯父さんから今日手紙をもらったの。サフォークに行ったら、あなたは絵を描いて詩を作らない？　いろんな画家があそこで絵を描いたのよ」ぼくは返事をしなかった。詩人であるかどうかにかけては、ぼくは『イギリス・ルネサンス期のソネット、抒情詩、マドリガル』の読者というだけだった。いまのままのぼくらで満足だった。

それから事態は変化した。根本的なことは何も変わっていないのに、それまでまったく気にしていなかったことが気にかかるようになった。部屋の埃とか団地のにおいとか、おたがい相手に夢中になっていたせいで気に留めていなかったことに、イライラするようになった。ぼくらの穴蔵をタヒチのミニチュアに変えようとしていたまさにそのとき、まわりの不潔さに二人が敏感になるなんて変な話だった。それまでは、空き缶とか牛乳パックとか野菜の皮とか、ゴミはみんな古い段ボールに投げ入れて、あふれるまで放置していたし、臭くてもハエが群がってもほとんど気にしなかった。いまではどちらが一階のゴミ捨て場に持っていく番か、言い争うようになった。いつも服なんてめったに身につけなかったのに、着替えを持っていないことが気になりだした。それまでは洗濯するときも、コインランドリーより安上がりだからという理由で、流しの下に立てかけてあった、古びた取手の二つついたブリキのたらいを使っていた。自分たちの体も同じように洗っていて、一人が笑いながらたらいに座れば、もう一人が上から水をかけていた。いまではクランシーはシャワーを浴びたいとか、ちゃんと洗濯したいと言うようになった。どういうわけか、いっしょに同じことを考えたりしなくなったし、同じタイミングで同じことをしようと思わなくなった——セックスをしたり、食べたり、眠ったり、話をしたりするとき、これまでならわざわざ何かを決めたり、譲歩したりしなくてよかったのに。いまでは些細なことで意見が割れた。もう三ヶ月近く持ちこたえてきたのに、見つけ出されて、せっかく逃げてきた家に連れ戻されるんじゃないかと落ち着かなくなった。夜中に団地で物音がして、階段でだれかが走る音や叫ぶ声が聞こえたりすると、ぼくらは神経をとがらせた。クランシーはビクッとして身を固くした——「あれは何？　あれは何？」——まるで警察か気のふれた殺し屋かが、いまにもドアを押し破って入ってくるみたいに。

太陽が果てしなく照りつけていることも、それまではすばらしい天の恵みだと思えていたのに、またか、鬱陶しい、と思うようになった。

どうしてこうなったのかを口にはしなかったけれど、少なくともひとつの理由はわかっていた。お金が底をついてきたのだ。クランシーの持っている郵便局の通帳の残高はどんどん目減りしていて、仕事を見つけなくてはならないときが迫っていた。早晩こうなることは、二人ともわかっていた。ぼくらが憂鬱になったのは、働かなくてはいけないということそのものより、働いたら自分たちが変わってしまうと思ったからだった。ぼくらの無人島は変わらないと信じていたかった。でも本当のところ、いったん働きはじめたら、ぼくらだっていかにも働きに出ている人みたいに――自分の人生の半分しか自分のものにできない操り人形みたいに――なってしまうことはわかっていた。それだからぼくらは早々に身がまえ、おたがい距離を置いて覚悟を決めようとしていたのだ。たぶん最初から負けると決めこんでいたんだろう。クランシーは新聞の求人欄を読みはじめた。それまでは新聞なんかなくても幸せいっぱいだったのに。ぼくは事態がすっかり変わったという証拠ほしさに、彼女が新聞を広げてその前に座りこんでいるのをじっと眺めた。しばらくして、訊かなくてもわかっていることを訊いた。「何をしてるの?」

「仕事を探しているのよ。なんだと思ったの?」

「仕事をしなくちゃならないとしたら、ぼくのほうだよ」と言って、指で自分の胸を叩いた。

クランシーは首を振った。「だめ」と言って、ページをめくる指を舐めた。「あなたは絵を完成させないといけない。途中でやめてはいけないでしょ?」

彼女は本気だった。

「ぼくがここでダラダラしているのに、きみが働きに出るなんていけないよ」とぼくは言って、自分でも間抜けなことを言ったものだと思った。

それからぼくらは喧嘩した。クランシーはぼくが理想を踏みにじっていると責めた。しまいには、おたがい惨めで打ちひしがれた気持ちになりながら、次の月曜には二人とも仕事探しに出ようということで決着がついた。

その当時、仕事はほとんどなく、高卒なら余計に不利だった。それでも簡単な肉体労働なら見つけられたし、ぼくらはそれで充分だった。クランシーはエレファント&キャッスル駅のそばのピザハウスでウェイトレスをすることになった。ぼくもそこに一度だけ行って、コーヒーを頼んだことがある。彼女はおかしな白い制服を着こんで、糊づけした白と黒のストライプのキャップをかぶり、髪を看護師みたいにピンで留めていた。ピザハウスの壁にはイタリア風の壁画が描いてあったけれど、ぼくのゴーギャン風よりひどかった。ぼくはカウンターのうしろに立っているクランシーを見ながら、彼女が陽だまりのベッドに寝そべっていたこと、サフォークの泥まじりの入江で泳いだこと、「わたしを描いてよ」と言ったときのことを思い出した。ひどく憂鬱になったぼくは、彼女がコーヒーを持ってきてくれたときも、ただの顔見知りみたいに「どうも」と挨拶を交わしただけだった。

ぼくのほうは、芝刈り機の製造工場で仕事にありついた。芝刈り機の部品がベルトコンベヤーで流れてくると、太いケーブルにつながれたドリルみたいな機械でネジを締める。一日じゅう、やらないといけないのはそれだけ。やっているとすっかり馬鹿になる。

三、四週間がすぎた。仕事で疲れ果てたぼくらは無口になって帰ってきて、相手にイライラしながら夜をすごした。仕事が終われば二人だけの生活に戻れると、ぼくらは思っていた。でもそんなんじゃなかった。ベタベタした服で一日分の汗を持ち帰ってくると、仕事もいっしょに持ち帰ってしまうのだった。クランシーはまだ泡コーヒーの注文を取っていたし、ぼくはまだネジを締めていた。クランシーはベッドで伸びて、ぼくは窓の外を見つめた。労働は屈辱の連続という気がした。ぼくは廃材の山と解体現場に目をやった。以前は無視できたし、幸せな景色に変貌させることもできたはずだった。ぼくは思った――ぼくらは駆け落ちした、何もかも捨てて駆け落ちした、でもいまでは高層住宅と解体現場に包囲されている。ぼくは明るくしていようと努めた。本のなかの詩を読み上げ、どうやって壁画を完成させるかをクランシーに話した。でも彼女は聞いていなかった。ぼくの芸術家としての才能なんて、もうどうでもいいみたいだった。彼女が関心を持つのは伯父さんの手紙だけで、手紙が来ると白昼夢にでも浸っているようにいつまでも読みふけって、ぼくに見せようとしなかった。まるで嫉妬させたいみたいに。

あるとき『イギリス・ルネサンス期のソネット、抒情詩、マドリガル』をめくっていたぼくは、それまで気づかなかった一編の詩に目を留めた。「ねえ」とぼくは言った。「聞いてよ」そして声に出して読み上げた。

可愛いサフォークのフクロウは小綺麗に装って、
その羽根はまるで輝かしい貴婦人に似ている……

気に入ってくれるだろうと思ったのだ。

彼女はぼくの手から本を引ったくって、部屋の向こうに投げつけた。本は流しの下、ブリキのたらいの近くに着地した。しっかりした上質の本で、ぼくのでもないのに。本の背の綴じ目から、ページが外れたのが見えた。

「インチキ！　その本の詩はみんなインチキ！　嘘っぱちのインチキじゃないの！」

クランシーが激しくそう毒づいたので、ぼくはすぐにそのとおりだと思った。喜びの宝庫に、たちどころに毒がまわった。

「その絵だって同じ」と彼女は言って、立ち上がって腕を振りまわした。「同じくらいインチキよ！センチメンタルで気取ってて、一番煎じのインチキ！　色だってうまく塗れてないよね！」

すぐさまぼくのタヒチの女の子たちは——どの子もクランシーに近づけようと描いていたのに——ぼくの前にその正体を現した。ずんぐりした胴体に、棒切れみたいな脚の木偶の坊。まるで四歳児の絵だ。

「インチキ、インチキ、全部が全部、そうなのよ！」

そして彼女は泣き出して、慰めようとしたぼくを押しのけた。

七月も半ばをすぎようとしていた。すべてが険悪になりつつあった。おまけにぼくは煮えたぎった鍋をうっかりひっくり返して、ひどい火傷を負ってしまった。

それは、そんなふうにならなくてもよかったのに、愚かにもそうなってしまったことだった。二つのガスコンロがついた棚は、壁から伸びたアームでどうにか支えられているだけだったので、グラグラして危なかった。アームはネジで壁に取りつけられていたのだけれど、壁の漆喰は柔らかくてポロポロしていたから、棚がいまにも落ちそうになっていることは二人とも知っていた。ぼくはいつもクランシーに、ぼくが直すからと言っていた。ある日、ぼくらはインド料理のケジャリーを作っていた。クランシーは米を炊こうと、鍋を火にかけた。ぼくは何かをこそげ落とそうと、ガスコンロのすぐ左側のゴミ箱にかがみこもうとした。クランシーが突然「危ない！」と言った。漆喰の大きな塊が壁から落ち、左側のアームがかろうじてネジの先で止まっているだけになっていたのだ。機転をきかせてその場から飛びのけばよかったのに、ぼくは手を伸ばして棚を支えようとした。まさにそのときアームは外れ、壁の熱湯がぼくの両手にもろにかかった。

ぼくは部屋を跳ねまわった。クランシーは大声で、両手を蛇口の水につけてと叫んだ。「冷たい水、それがいちばんいいの！」と、落ち着きを失うまいとしながら言った。そのとおりだとぼくもわかっていたけれど、はじめからそうするなんて嫌だった。大声で罵りの言葉を吐いて、クランシーを無視して怖がらせたかった。ぼくの絵を笑いものにしたことへの、ちょっとした復讐だった。

「畜生！　畜生！」ぼくは言って、両手を振って跳びまわった。

「蛇口！」とクランシーは言った。

「馬鹿！　馬鹿！」

痛みは最初からひどかったけれど、一時間後にはじまって延々と続いた痛みと比べたら、ものの数ではなかった。その頃にはぼくは流しの前で椅子に馬乗りになって、両腕を冷水に浸け、額を流しの縁に押し当てていた。水はしばらくするとぬるくなってしまうので、クランシーは水を取り替えて、ぼくの上腕をスポンジで濡らした。痛みもひどかったけれど、痛みだけじゃなかった。悪寒と吐き気もしてきた――クランシーはぼくの肩に毛布を巻きつけた。そうしながらもぼくらは、たぶん火傷はかなり重度で、医者に行ってきちんと手当を受けないといけないんだろうと黙って考えをめぐらせていた。そう考えるとぼくらは怖かったし、気持ちも沈んだ。病院に行ったら見つかってしまうと危惧しただけじゃなかった――働きはじめたときからその心配はあった。それよりも、医者に行くというのは自分たちが無力と認めるようなものだったのだ。それまでぼくらがやってきたことは、職にありついたこともふくめ、自分たちだけで、自分たちが決めてやってきたことだった。状況は難しくなってきていたけれど、自分たちだけでやっていけないと思ったことは、それまで一度もなかった。

「わたし、怖い」と、クランシーは言った。

「大丈夫だよ。どうってことなくなるからさ」ぼくはそう言って、水で濡れたホーローの流しに額を押しつけた。「医者には行かないよ」

　クランシーはぼくの腕をスポンジで濡らした。

「あなたの絵のこと、あんなふうに言うつもりじゃなかった。本当よ。本を壁にぶつけるつもりもなかった。ただわたし、落ちこんでいたの」

　その夜のほとんどを、ぼくらはそんなふうに座ってすごした。ぼくは流しでぐったりして、クランシーはスポンジを手に持っていた。ひどく痛かったので、ぼくは眠るどころではなかった。両手を水の外に出すたびに、もう一回熱湯を浴びせかけられたみたいになるのだった。クランシーはぼくを安心させようといろいろ話をして、ときどき手でぼくの肩をぎゅっと握った。ぼくらは電車がガタガタと行き来する音や、団地の奇妙な物音に耳をそばだてた。四時ごろようやく寝ようとして、クランシーはブリキのたらいに半分水を張ってベッドの脇に置き、ぼくが横向きに寝ながら腕を水に浸けておけるようにした――ぼくは眠らなかったけれど。クランシーはぼくに寄り添って、片方の腕を巻きつけた。彼女がすぐに眠りに落ちたのがわかった。ぼくは思った――痛みはひどいし、二人とも惨めな仕事をしているけど、この数週間なかったくらい幸せで、おたがいを近くに感じている。

　朝になると、ぼくの両手には馬鹿でかい真珠みたいな水ぶくれがいくつもできていた。指先にはほとんど損傷がなかったけれど、手のひらも、手首も、手の甲もすさまじい状態だった。痛みは和らいでいたけれど、ちょっと触ったり手首を曲げようとしたりすれば、痛みはすぐ戻ってきた。クランシーは目が覚めると薬局に出かけ、ハチミツ色の濃くてねっとりしたクリームとか、チューブや瓶入りのものをいろいろ抱えて戻ってきた。彼女はピザハウスに電話して、理由をこしらえて今日は行けませんと伝えた。ぼくは指先を動かすことはできたけれど、水ぶくれのできた手のひらは曲げられなかった。クランシーにはスプーンでぼくの口まで食べ物を運んでもらったりして、文字どおりぼくの手になってもらわねばならなかった。火傷で重要なのは水ぶくれになったところが感染しないようにすることと、空気に当てて皮膚を修復することだという知識はあった。そのため二日間、ぼくらは直射日光を避けて座った。ぼくは両手をおぞましい見世物みたいに自分たちの前に突き出し、あちこちの水ぶくれが引くのを待った。ちょうど駆け落ちして部屋を見つけたばかりの頃みたいだった。

「傷痕が残るかな?」と、クランシーは言った。

「たぶんね」と、ぼくは言った。

「わたしは気にしないよ」

「よかった」

「手だったら、痕が残ってもそうひどくないしね」

四日たってクランシーが仕事に出かけたときも(行かなきゃと言ったのはぼくだった——その頃にはスプーンが持てるようになっていたし、これ以上休んだらクビになるんじゃないかと思ったのだ)、夜はどこか特別だった。いつもの退屈でイライラする夜とはちがった。クランシーはウェイトレスの仕事が終わって帰ってくると、ぼくの手のことだけを知りたがった。ぼくらは手の話をして、まるでぼくらをつなぐ三番目のものだというように、手のことでやきもきした。まるで子どもができたみたいだった。両手が回復してくると、ぼくらは手をネタにして突拍子もない暗い冗談を飛ばした。

「水ぶくれが破裂したら、膿みが部屋じゅうに飛び散るかもね」

「そしたら水ぶくれが一発で縮んで消えるよ」

「汚れてカビが生えてきて、切断しなきゃならなくなるかも。両手がなくなったら嫌いになっちゃおうかな」

ぼくは思った——手が治ってぼくが怪我人じゃなくなったら、この幸せも色褪せていくんだろうな。

でも一週間たって両手の痛みが薄らいでからも、皮膚が完全に回復して硬さを取り戻すまでにはしばらく——三週間以上——かかった。そのあいだ、ぼくは昼間ずっと部屋でぼんやり座り、夕方になると、帰ってきたクランシーの気分がまた少しずつ沈んで、疲れて愚痴っぽくなっていくのを見守った。クランシーは自分でもそうと気づいて抵抗しようとした。あるとき彼女はもう一度、茶色の紙袋を持って帰ってきた——『一七世紀の恋愛詩』という本だった。昼休みに職場を抜け出して買いに行ったのだ。

「一日じゅう一人ぼっちでここに座っていても、あまり面白くないでしょ」

その頃、ぼくらはベッドを窓辺につけたままにしていた。ぼくはパイプベッドの背に寄りかかって、しじゅう外を見渡していた――まるで臨終の近づいた人がベランダに出て、この世の見納めをしているみたいに。長くて暑い日中の時間が延々と続くなか、ヘリックの詩からクラショーの詩へと本を拾い読みしながら、ぼくはいろいろなことを考えた。芝刈り機の製造工場について――いまごろ、だれかがぼくの代わりに入っているだろうし、ぼくが働いていたことなんて、だれも覚えていないだろう。ぼくの親とクランシーの親について。ぼくらのことを本気で心配しているだろうか、それとも忘れてしまっただろうか？　タヒチで臨終を迎えたゴーギャンについて。それからクランシーの伯父さんのことを考えた。伯父さんからしばらく手紙が来なかったので（いつもは一週間に一回は受け取っていた）、彼女はやきもきしていた。ぼくは自分と同じように動けなくなった伯父さんが、車椅子に座って日なたにいるところを想像した。伯父さんは本当にぼくらの駆け落ちのことがうれしかったんだろうか？　体を動かせない年寄りが、疲れてちょっと頭も鈍くなって、愚かなロマンティックな思いを抱いただけじゃないいんだろうか？　伯父さんは感激したような言い方をしたけれど、あんまり具合が悪かったからどうでもよくなって、クランシーのために嘘をついていたのかもしれない。彼女の話していた、伯父さんのお金のことを思った。ぼくはそんなお金があるとは思っていなかった。田舎に大きな屋敷をかまえている人のお金なんて、いつも本当は存在しなかったことになる。あるいは借金とか税金とかで消えてしまうか。いずれにしても、お金のことを考えるとぼくは落ち着かなくなった。考えてみればみるほど怪しく思えて、懐疑的になった。果樹園の塀とか入江の波止場のことももう想像できなくなって、クランシーの伯父さんも屋敷も、そもそも存在していないんじゃないかとまで思うようになった。クランシーが自分の気持ちを引き立てるために作り話をしたんだ――彼女の父親が貴族の家系だと想像するのと同じように。

クランシーが買ってくれた本をぼくは読んだ――ラヴレス、サックリング、ロチェスター伯爵。でもぼくの注意はそれていった。ぼくは焦《じ》れて不機嫌になった。両手を出して座っているとハエが皮膚のひび割れや水ぶくれにとまるので、ポリ袋に入れておかないといけない。ページをめくりたいときには両手を袋から出し、ハエを振り払いながら指先だけでページをめくる。座り直したいときだって、両手は使えない。簡単なことが複雑きわまりない離れ技になった。ぼくは自分の置かれた立場がつくづく馬鹿馬鹿しいと思った。ポリ袋に両手を入れ、ブルドーザーの音を聞きながらラヴレスを読み、描き続けられない絵になかば包囲されている（壁を埋め尽くすにはまだまだ描くところが残っていた）。そこからぼくの考えはもっと飛躍していった。バーモンジーの呪われた団地で、ぼくらは何をしているんだろう？　ぼくらの将来はどうなるんだろう？

「直射日光を当てると皮膚が剥《む》けちゃうよ」

クランシーが帰っていた。疲れたウェイトレスの顔をしていた。

「そうだね」と、ぼくは言った。「ごめん」

ぼくは道路の向かい側の小学校をよく眺めていた。子どもたちが午前と午後にいっせいに出入りし、休み時間には運動場に流れ出す。夏休み前の終業のときが近づいていた。終業になれば校舎は閉鎖になり、解体業者が入ってくるだろう。ぼくらの部屋の真向かい、でも少し下のほうの背の高い窓の向こうに、教師が黒板の前で立っているのが見えたけれど、窓の位置のせいで席に着いている子どもたちは見えなかった。教師はまるで無人の教室に向かって、身振りを交えながら話をしているみたいだった。腕を振りまわし声を張り上げ、見えない聴衆とやりとりしようと頑張っているところを目で追ううちに、ぼくは彼が気の毒になった。その姿を見ているとボイル先生のことが思い浮かんだ。先生はいまでもシドニーやスペンサーの詩を一五歳の子どもたちに読ませているんだろう——ロッド・スチュアートの歌とかチャールストン・アスレティックの試合のほうがよっぽど気になる子どもたちに。学校を出て一年しかたっていないのに、もう何年もたった気がした。ぼくは学校時代の古い友人たちを一人ずつ思い浮かべ、どうしているんだろう、仕事についただろうかと思った。ぼくはエディのことを考えた。ぼくが詩に興味を持つなり、エディには何というか縁を切られてしまった。北アイルランドにも王立砲兵連隊は派遣されるんだろうか？　エディは装甲車両に乗ってベルファストのフォールズロードで駐留していても、ボイル先生のことを思い出すのだろうか？

七月の第三週に学校は終わって、運動場のざわめきも止んだ。ほとんど間髪を入れずに巾のトラックが数台やってきて、校内の備品を運び出した。調理室の設備は取り外され、古い折りたたみ式の机は運動場に積み上げられた。それからトラックは走り去り、校舎は解体現場に包囲されたまま、まるで見捨てられた砦みたいにあとに残された。この学校に通っていた子どもたちは、校舎が取り壊されることを気にするだろうか？　ときどきは子どもたちが何人かやってきているのを目にすることもあった。解体現場で遊び、ゴミの山を掻きまわして火をつけては、現場作業員たちに追い払われていた。

そしてある日のこと、学校が終わってまだ二週間しかたっていない頃に、運動場に二人の男の子が現れた。彼らは歩きまわって机の山を眺めたり、一階の鉄格子のはまった窓からなかを覗きこんだりしていた。どうやって運動場に入ったんだろうと、ぼくは不審に思った。すると三人目の男の子の頭――そして四人目の頭――が、運動場の塀のいちばん左の端、校舎へと続いているあたりから現れた。塀の上の鉄条網には緩んだ箇所があって、持ち上げればもぐりこめるみたいだった。塀は三メートルの高さだったけれど、机が隅に積み上げられているせいで、一一歳くらいの男の子でも、つたって下に降りられたのだ。ほどなく汚れたジーンズにTシャツの男の子が五人、運動場をうろつきはじめた。

彼らはまず、あらゆるものを漁ろうとした。運動場に面した大きなドアをこじ開けて、校舎に押し入ろうとしているのが見えた。それに失敗すると、市の作業員たちが残していった古いパイプか何かを拾い、鉄格子のあいだに差しこんで窓をつついたあと、ガラスを粉々に割りはじめた。同じパイプを使って運動場のアスファルトを掘り返しては、上の階の窓ガラスに投げつけた。子どもたちがたてる物音は、解体の騒音のなかに紛れた。小さな便所用の建物が二棟、校舎に隣接していたけれど、一人はそのうち一棟の屋根に上がって、排水管づたいに二階の窓にたどりつこうとした――でも道路から丸見えになると気づいて降りてきた。それからみんなは便所そのもの――薄いプレハブ材に波形のアスベストの屋根を載せた、粗末で小さな仮設の建物――の解体に取りかかった。

この子たちは、団地に入りこんで階段に散らかったゴミに火をつけたのと同じ子たちだろうかと、ぼくは思った。彼らは翌日も、その翌日も、そのまた翌日もやってきた。子どもたちが学校に戻ってこなきゃならないなんて、変な気がした――まるで釈放囚が自分から刑務所に戻ってくるみたいだ。便所の壁を剥いでしまうと、貯水タンクも洗面台も錆びついた便器も外気に晒され、それが悪趣味な興奮を掻きたてた。彼らは隅に積み上げてあった机の一部を破壊した。ある日ふと見ると、子どもたちはアスファルトの上に柔らかくて黒っぽいものを見つけ、それを投げ合っていた。たがいの顔めがけて投げつけては、笑い合っていたのだ。ぼくはそれがハトだと気づいた。すすけた羽根のロンドンのハトで、ついさっき運動場に落ちて死んだばかりにちがいなかった。彼らはハトを投げ続け、しまいには一人が翼をつかんでぐいと高く持ち上げたので、翼だけが手に残った。全員が笑った。その子はもう一方の翼も同じようにした。それから彼らは狂ったように叫びながらゴールのないサッカーをはじめ、アスファルトの上でハトの死体を蹴り飛ばしては運動場の塀にぶつけた。灰色の塊だったその鳥は、どす黒くなって、紫がかった赤に染まった。一人の子がその鳥を蹴り上げて運動場の塀の向こうにうっかり飛ばしてしまうと、ゲームは終了だった。だれもハトを取ってこようとは思わないらしかった。

これが三日目の午後だった。ハトを使ったゲームのあと、彼らは活気を失いぐったりした。穴だらけのアスファルトの上で座ったり寝そべったりして、ときどきアスファルトの塊を掘り返しては、あたりかまわず放り投げていた。太陽が赤く照りつけた。いまでは本物の囚人が高い塀に囲まれて、グズグズと無気力にしているみたいだった。ぼくは思った。もう充分なんだ、行ってしまうんだろう——なじみの運動場で得られるものはもう何もない。

ところが彼らは立ち去らなかった。翌朝またやってきた。まるで一晩かけて何事かを決めたみたいだった。ツルハシと、シャベルと、長い柄の熊手を抱えていた。たぶん建築現場のどこかから盗んできたのかもしれない。運動場の左の隅で話し合いをはじめ、地面を睨んでは足で架空の線を引いた。それから一人がツルハシを持ち上げ、最初はちょっとぎこちなかったけれど、アスファルトを掘り返しはじめた。その一部始終を見届けるのは難しかった。ぼくは見晴らしのいいところにいたけれど、近くの塀が邪魔をして、子どもたちが見えなくなることもあった。でも、穴を掘っていることは明らかだった。一人が数分間ツルハシを振るったあとはべつの子に交代し、三人目の子はときどき掘り返されたアスファルトと土をシャベルで脇にどかした。残りの二人はまわりに座って、黙ってじっと見守っていた。

いったいどういうつもりなんだろうと、ぼくは思った。正午までに彼らは肩まで入るくらいの穴を掘り、アスファルトの上にはかなり大きな盛り土ができた。二人が出ていって、またべつの道具――移植ゴテ、ガーデンフォーク、バケツ――を持って戻ってきた。突然、ぼくは悟った。トンネルを掘っているんだ。穴は右手の塀まで、たぶん二メートルか三メートル半くらいのところにある。塀に向かって掘っていって、塀の外も同じくらい掘り進めれば、ベンチがぽつんと載った小さな三角形の芝生――もうほとんどすり切れ、陽射しのせいで枯れていた――のところに出る。

その午後いっぱい、そしてその翌朝も、子どもたちが作業を続けるのをぼくは見ていた。厄介な地点に彼らは差しかかっていた。穴の角度を変え、塀に向かって地面と水平に掘りはじめねばならないのだ。どういう理由でやっているんだろう？　ゲームなんだろうか？　心のなかで運動場を刑務所か何かに見立てていて、武装した見張りと番犬に監視されているとでも思っているんだろうか？　ゲームにしては大変すぎる作業だ。でもゲームじゃないとしたら馬鹿げている。彼らは自由意志で出入りできるところから脱走しようとしているのだから。急に、成功してほしいという思いが込み上げた。

「見てよクランシー――」と、ぼくは言った。クランシーが仕事から帰ってきていた。手にヨーグルトの容器を持っていた。座りこんで上ぶたを剥がすと、何も言わずに食べはじめた。

「――トンネルだよ」

クランシーは窓の外を見た。「トンネル？」彼女から見えたのは、運動場に盛り上げられた土だけだった。

彼女はうつむいてヨーグルトを舐めた。

「トンネル。子どもたちが運動場にトンネルを掘ってるんだ」

「馬鹿なことをやってるのね」

ぼくは説明しなかった。ぼくらは夕方顔を合わせても、もうあまり口をきかなくなっていた。努力しないと話ができないみたいな気がしていた。

数日間、彼らが掘るのをぼくは見ていた。自分の手のことも、苛立ちのことも、自分が役立たずということも忘れて。ぼくが座っているところからは、子どもたちからは見えないもの、彼らの労働のゴール——塀の右側の芝生——が見えた。ぼくは神のように彼らの営為を見守った。でも、ぼくに見えない部分もたくさんあった。どのくらいトンネル掘りが進行していたのかはわからなかった——ぼくに見えたのは、盛り土が増えていることと、数分おきに子どもがゼイゼイ言いながら土まみれになって穴から出てきて、またべつの子に交代するということだけだった。ぼくはいろいろなことが不安になった。すべて陥没したりしないだろうか？　塀の土台の下をくぐれるくらい深く掘ったのだろうか？　掘りながらどうやって呼吸したり土を掻き出したりするんだろうか？　でもときどきちらりと見えるものから、ぼくは安心したりもした。支柱に使う半端な木片——机の残骸とか洗面所の壁とか。ホース、懐中電灯、ひもで端を縛ったポリ袋。トンネルのほぼ真上と思われるところにはチョークで二本の線が引いてあって、明らかに進入禁止のサインらしかった。子どもたちの工夫と決意にぼくは熱くなった。運動場いっぱいに子どもたちが蹴り飛ばしてまわったハトのことを思い出した。でも妨害はほかにもあるんじゃないかな？　ガス管に突き当たったら中断しないといけないんじゃないだろうか？　ただ疲れてやめてしまうかな？　やめなかったとしても、やり遂げないうちに市の作業員とか解体業者が来るかもしれない。こういうことを考えていると、子どもたちが脱走しなきゃいけないということが、ますます現実味を帯びてきた。いろんな勢力がグルになって襲いかかろうとしているのに対し、子どもたちの内部の対抗勢力がはね返そうとしているんだ。

失敗するところは想像したくない。

クランシーにぼくは言った。「手はもうすぐ治るよ」

「ああ――そうなのね。よかったじゃない」

「もっとひどいことになったかもしれない。ありえたことをいろいろ思うとさ」

「そうね――明るいほうを見ないとね」

その頃ぼくらはバラバラで、それぞれが自分だけの世界に籠っていた。クランシーはいつもピザハウスで汗をかいているか、伯父さんのこと、そして伯父さんから手紙が来ないことについて思いあぐねているかのどちらかで、ぼくはぼくでトンネルのことにばかり気を取られていた。

八月も中旬に差しかかっていた。太陽は照り続けていた。クランシーがときどき持ち帰ってくる夕刊では、旱魃《かんばつ》と給水制限が報じられていた。人々は晴れてばかりだと文句を言っていた。雨ばかりの夏でも文句を言うのだろうけれど。校舎の隣の小さな三角の区画では、薄い芝生が藁色になって、地面が硬くひび割れた。ぼくはいまではこの区画を見つめてばかりいた。トンネルを掘っている子どもたちが、もういつ現れるかわからない。運動場の隅では、彼らの興奮も高まってきたみたいだった。そのときが近づけば近づくほど、発見されるかもしれないとぼくは大袈裟に考えるようになって、市の作業員たちが日程を一日、また一日と遅らせますようにと祈った。地中に閉じこめられながら上方へと掘り進めていくと、陽に焼けて硬くなった表土を掘り崩すのはひと苦労だろうと思った。

そしてある日の午後、それは実現したのだった。ファンファーレもアナウンスもなく、そんなふうにただ実現するなんて、変な感じだった。突然、塀の外一メートル半くらいのところで、ひび割れた土の一部が蓋みたいに持ち上がった。ツルハシが上向きに突き出され、手が出てきて、ややあって土の蓋が揺れて崩れ落ち、土埃の舞うなかで頭がぬっと外に現れた。その顔にはまるで新世界に浮上してきたというような、静かな喜びの表情があった。まるで首から下がないかのように、頭はしばらく地面の上にただ止まっているようで、息を切らしながらニヤニヤ笑っていた。そして勝どきの声を上げた。その頭が、肩と、腕と、それから残りの体全部を引っ張り出すのが見えた。すると塀の内側の四人も一人ずつ穴に消えていって、三角形の芝生の上に、手足をばたつかせながらふたたび現れるのが見えた。だれも彼らを見ていないようだった――トラックは無頓着に行き交い、ブルドーザーはヒューと音を立ててゴォーとうなった。まるで子どもたちは姿を変えられ、透明人間になったみたいだった。彼らは土を払い、頂上を極めた登山家たちみたいに握手を交わした。そしてただ、駆けていった――すぐ向こうの脇道を、板が打ち付けられた店舗の前をとおって、集合住宅の廃墟を駆け抜けて、土まみれで、手をつないで、拳は熱狂して空に振り上げながら。

一時間くらいたって、クランシーが入ってきた。

「クランシー」と、ぼくは言った。「クランシー、話したいことがあるんだ――」でもクランシーはぼくに向かって封筒を振りまわした。細長くて白い封筒で、黒い囲みが印刷してあった。熱に浮かされたみたいな奇妙な表情で、喜んでいるのか取り乱しているのかわからなかった。

「見てよ」と、彼女は言った。

「クランシー、クランシー――」

「これを見てよ」

クランシーは封筒から手紙を取り出し、ぼくの前で広げた。便箋の頭にイプスウィッチの法律事務所と記してあった。手紙は「お悔やみを申し上げます」とはじまっていて、クランシーの伯父さんの「悲しい訃報」のことが、まるでクランシーがもう知っていて当然みたいに書いてあった。手紙には続けて「故人となった依頼人の内密の特約により」とあった。要するにクランシーの伯父さんは亡くなって、伯父さんのお金と土地の大部分が、二一歳までは信託者が管理することを条件に彼女に遺されたのだった。遺産の総額についてはぼかした慎重な言い方で「かなりの額の贈与」とあるだけだったけれど、クランシーさんにはできるだけ早い機会にお目にかかりたい、とあった。

「ねえ――どう思う？」

「お気の毒に」

「お気の毒？」

「伯父さんのことさ」

ぼくらは黙って見つめ合った。ほかに何を言ったらいいのか、ぼくにはわからなかった。まだ完治していないザラザラの手で、ぼくはクランシーの手を取った。

ぼくは言った――「クランシー、明日はきみの休みの日だよね。どこか行こうよ。外に出て電車でどこか田舎に行って、そして話をしよう」

解説

グレアム・スウィフトは一九四九年、ロンドン生まれ。ここに訳出した「トンネル」は、一九八二年に出版された短編集『泳ぎを覚える・その他の短編』に収められており、スウィフトのごく初期の作品のひとつである。

「トンネル」は、「ぼく」とクランシーの五ヶ月あまりの共同生活の話である。冒頭の「その春から夏にかけて」がいつのことなのか、作品ではぼかしてあるが、ビーチ・ボーイズやロッド・スチュアートなどの往年のスターが言及されることから、一九七〇年代のどこかに設定されていると考えてよい。一九七〇年代と言えば、ロンドンのドックランズ再開発が始まろうとしていた時期である。テムズ川下流のこの地域は、かつて世界最大の港湾地帯を誇っていたが、第二次世界大戦下の爆撃によって大きな被害を受け、その後もコンテナ化などの流通の変化に対応できず、すっかり荒廃していた。一九七〇年代にようやく着手された再開発も、土地の所有権などの問題から、遅々として進まなかった。

「ぼく」とクランシーが、彼女の親たちの反対に遭って駆け落ちした先（「デットフォードかバーモンジー、ロザハイズかニュー・クロス」）は、再開発のなかでドックランズと総称して呼ばれることになったこの地域の、テムズ川南岸にあたる。作品では、そこにはハイティーンの彼らでもどうにか家賃を払っていける期限つきの部屋があり、土地柄の悪さがかえって二人を守ってくれる。二人はその部屋を自分たちだけの楽園に見立て、おたがいの思い出や夢を分かち合うだけで満たされていく幸せな日々を送る。ところが三ヶ月もたつと貯金も底をつき、それぞれが働いて生活を支えねばならない。現実は予想以上に厳しい……。

どうやら「ぼく」とクランシーの前には、二つの生き方が提示されているようだ。ひとつは、賃金労働をしていく生き方。でも、この生き方はしんどい。「ぼく」は仕事を探す前から「いかにも働きに出ている人みたいに——自分の人生の半分しか自分のものにできない操り人形みたいに——なってしまう」と危惧するが、現実はもっとひどく、半分どころか、帰宅後の時間さえもすっかり労働に支配されてしまう（「クランシーはまだ泡コーヒーの注文を取っていたし、ぼくはまだネジを締めていた」）。もうひとつは、不労収入をあてにする生き方。でも、この生き方は楽ではあるけれど残酷だ。クランシーは「伯父さんが大好き」だったのに、伯父さんの遺産があてにできるとなると、伯父さんの健康状態への心配はすっかり二の次になって、むしろ彼の死を心待ちにしてしまう。

本文で「ぼく」は「幸せ」という言葉を何度か口にしているが、賃金労働に心身をすり減らしていくのも、遺産にたかるのも、どちらも「ぼく」にとって「幸せ」な生き方とは言えないようだ。二つの選択肢の前で躊躇している「ぼく」の目の前に現れるのは五人の小学生たちであり、彼らのトンネル掘りという「労働」は、第三の生き方の選択肢を「ぼく」に提示してくれる。彼らは役に立つかどうかはまったく関わりなく、みんなで目的を設定し、共同作業によってその目的を実現させることに喜びを見出している。もちろん共同作業の喜びだけでは大人は食べていけないのだが、「ぼく」は子どもたちの作業に何らかの可能性を見出すからこそ、熱い気持ちで注目し、その一部始終を見届けようとするのだろう。

本作品の結末はオープン・エンディングになっていて、「話をしよう」と呼びかけている「ぼく」がクランシーにどんな話をするのかは、読者の想像に委ねられている。気持ちの行きちがってしまったクランシーに対し、「ぼく」は別れ話を切り出すのだろうか？ それとも、「ぼく」が最後に「ザラザラの手」でクランシーの手を取るという優しい仕草は、これからも関係が続いていくことの暗示になっていて、「ぼく」はクランシーとの関係の修復に努めるのだろうか？ しかしそうだとしても、これまでの二人とはちがう関係がはじまるのだろうか？ 「ぼく」はクランシーに子どもたちのこと、彼らのトンネル掘りを見ながら考えたことを説明するのだろうか？ 伯父さんの遺産を自分はほしくないと言うつもりなのだろうか？ 作品のその後の展開については、このようにいろいろなことが考えられるが、読者一人ひとりが好きに想像してかまわないだろう。

なお、本作品は失われた都市の風景のスケッチとして読むこともできる。実際のドックランズはその後サッチャー政権下で急ピッチの開発が進められ、現在では高層ビルやオフィスの立ち並ぶ地域となっている。しかしそう場所を特定しなくても、見渡すかぎりの瓦礫、そのなかをうろつきまわる子どもたちというのは、現代を生きるわたしたちの原風景として記憶の根底にあるものかもしれない。最近ではカズオ・イシグロの『わたしを離さないで』にも、寄宿学校の卒業生たちが廃校となった学校と、ゴミの漂う校庭とを思い浮かべる印象的な場面がある。

　スウィフトは数年毎に一作の長編を出しつづけ、二〇二〇年現在までに十作の長編を発表している。また『泳ぎを覚える』のほかに二冊の短編集と、一冊のエッセイ集がある。日本でのファンも多く、これまでに邦訳された作品には『グレアム・スウィフト短編集』（米沢清寛訳、南雲堂）、『ウォーターランド』（真野泰訳、新潮社）、『この世界を逃れて』（高橋和久訳、白水社）、『最後の注文』（真野泰訳、新潮社）などの長編、および短編「ホテル」（畔柳和代訳、柴田元幸編訳『むずかしい愛』〔朝日新聞社〕に収録）、『マザリング・サンデー』（真野泰訳、新潮社）がある。一九九六年に発表された『最後の注文』は、テムズ南岸バーモンジーに生きてきた男たちの物語であり、この作品でスウィフトはブッカー賞を受賞している。

屋根裏部屋で

アンドルー・モーション
田村斉敏 訳・解説

屋根裏部屋にしまってある鍵をかけたトランクの中には、あるものが取ってあるが……。

あなたの服が必要になることは
二度とないと今では私たちにも
わかっているけれど、それでも取ってある、
階上に、鍵をかけたトランクの中に。

ときおり私はその場に屈んで
服に手を触れてみる、あなたが
それを着ていた時間を取りかえし、
その腕や手首の本当の姿をとらえようと。

私の両手はくぐっていく、
がらんどうの、見えない袖のなかを、
ためらい、その後に手に取り
持ち上げるもの、

それは緑色の祝日、赤い洗礼の日。そう、
あなたのまだ続く人生の日々、それは
暗い夏を抜けて薄れていき、
塵《ちり》となって私の頭に滑り込む。

解説

あらかじめ何の知識もなく、この詩を読みはじめ、そして読み終えたあなたはいま何を感じ、また何を理解しただろうか。

決して難解なことばで不意打ちするような詩でないことは確かだろう。しかし親切になにもかもを説明してくれるわけではない。詩の背後に広がる深い悲しみを感じながら、その悲しみの理由について、秘密めいたものを感じる読者も多いはずだ。

この静かな詩があなたに衝撃を与えるとしたら、秘密の存在を知りながら、同時に自分が率直に語りかけられ、それを確かに理解したという感覚ではないだろうか。

その秘密にもう少し近づくため、詩が語りかける言葉を少し詳らかに見ていこう。思い出してみよう、詩人がどのように一行目を書き始めているか。

「私たちにもわかっているけれど（Even though we know now）」とつぶやくように始まるこの詩は、二行目から三行目にかけてことさら滑らかに、継ぎ目なく、続けられる――「あなたの服が必要になることは二度とないと（Your clothes will never / be needed）」。服が必要なくなる、とはどういうことだろう。どんなにつましい暮らしをしていても、生活をしていれば服が不要になるということはない。「あなた」にいったい何が起こったというのか。

「私」はひとつながりのこの文に、あたかも鑿《のみ》で裂け目を入れるようにカンマを置く。「それでも取ってある、階上に、鍵をかけたトランクの中に（we keep them, / upstairs in a locked trunk.）」。うがたれた隙間はカンマだけではない。四行目の upstairs と in a locked trunk の間には、息継ぎが、見えない敷居としておかれているのがわかる。「私たち」の生活に侵入しつつあるなにかを押しとどめようと据えられた三つの堤防のように、一見無造作にしかし必死に、それは何かを守っている。

じっと耐えながら何かを守り続ける「私」は、しかし時折その「服に手を触れてみる」。それは「あなた」の時間を取りかえす（relive）試み、「その腕や手首の本当の姿（actual shape）」を捉える試みである、と「私」は率直に読者に告げる。

時間を取り返すため、「本当の姿」を捉えるため、「私」はあたかも何かの舞踊のような手つきを始める。「ためらい、その後に手に取り、持ち上げる」動き、それによって「がらんどうの、見えない袖」の中に何かが見えてくるのだろうか。それは何かの「本当の姿」なのか？　見えないのは本当に袖なのか、たとえば「腕」ではないのか？

詩などではもともと形容すべき名詞を離れ、別の名詞にかかる形容詞があるが、これらを転移修飾語という。見えない袖が実は腕の動きを指し示すように、「私」の手が「もちあげ」ようとしているもののなかにも本来の場所を離れた形容詞が見つかる。「緑色の祝日」、「赤い洗礼の日」。どちらも我々の心の中に豊かなイメージを広げる言葉だが、実際に飾るべきはおそらく祝日によく着ていた緑色の服、「私」の洗礼日に「あなた」が着ていたはずの赤い服。それらは「あなたのまだ続く（unfinished）人生の日々」の象徴でもある。

実はこの詩は一九九九年以来テッド・ヒューズの後任の桂冠詩人として活動するアンドルー・モーション（一九五二～）がまだ一六歳のとき、自動車事故に遭い以来昏睡状態に陥っていた母親のことをうたった詩の一つである。そのことについて詩はまったく説明してはくれないが、その他人に触れ得ない秘密を秘密としながら、肉体を失いつつある母親への思いを、説明抜きで理解させてしまうところにこの詩人の特質と技量とがある。またそれを決して秘教的な難解さではなく、簡潔で硬質なことばに託して物語るところに、ウィリアム・ワーズワスやフィリップ・ラーキンの研究者としても知られる彼の傾向がよく表れているという気がする。

五月

アリ・スミス
岩田美喜　訳・解説

最愛のパートナーが木に恋をした。甘く、倒錯的で、どこか切ない恋情。ふたりの暮らしに入り込んできた突拍子もない恋の行方は……？

ねえ、聞いて。わたし、木に恋しちゃったの。どうしようもなかったのよ。だって満開の花が咲いてたんだもの。

それはいつも通りの普通の日で、わたしは出勤の途中、いつも通りにうちから街中へ出る道を歩いていたの。すぐそこら辺り、まだ家からそんなに離れてもなかった。わたしは道路の舗装を見つめていて、歩きながら考えごとをしていたの。お役所は、観光客が訪ねるような場所を一日中うつむきながら歩き回る仕事に人を雇ったりするのかしら。そんな仕事があったとしたら、新聞の求人広告にはどういう職名で載るのかしら。舗装道路捜査官。縁石監査官。地元歩道摩耗コンサルタント。その仕事に就くにはどんな資格がいるなんていうことまで、ちょっと考えてみたわ。テレビのクイズ番組の司会が訊いてくるかもしれないし、パーティーで、知らない人がにこやかに尋ねてくるかもしれない。そうしたらどうするかって？　それが誰であれ、こう答えるの、実はわたしがそのアスファルト観測監督なんです。高度な専門技術が必要だけれど、お金になるし、素晴らしいキャリアが見込める一生ものの仕事ですよって。

それとも、もう役所ではそういう仕事はしていないかもしれない。民営化された会社が道路を検査するのに人を送り出して、調査結果を自治体のしかるべき委員会へ報告しているかも。いかにもありそうな話よね。思い返せば、わたしはそんな風にして、修理が必要だと報告する場所を記した覚え書きを自分の頭の中で作っていたんだけれど、そのうちに前方の地面に舗装がないところに来てしまった。舗装は消え失せていて、風で飛ばされたシルクみたいなもので覆われていたわ。花弁《はなびら》だった。綺麗な白い花弁。一体どこから落ちてきたのかと、ちらと上を見上げて、あ、これだったのかと思ったのよ。

女の人がその家から出てきた。わたしに庭から出ていってちょうだいと言うの。クスリやってるのかって訊いてきたわ。わたしは、やってないって言ったの。その人、今度窓から庭を見てまだわたしがいたら警察を呼ぶと言って、ドアをバタンと閉めて、中に引っ込んだわ。まさか他人《ひと》様《さま》の家の庭にいたとはつゆ知らず、不審に思われるほど長い間そこにいたなんて、気にもしていなかったの。それでその庭から出て、門のそばで、外の歩道からその木を見ていたの。あの人、どっちみち警察を呼んだのよ。男と女が一人ずつ、パトカーでやって来た。二人とも丁寧だけど断固たる態度だった。不法侵入とか徘徊罪とか、そんなこと言って、わたしの名前と住所を聴取して警告を与えると、うちまでわたしを送ってきた。あの人たち、わたしがちゃんとうちの鍵を持っていて、でっち上げを言ってるんじゃないって確認するまで帰らなかったわ。わたしがドアの鍵を開けて中に入り、またドアを閉めるまで、ずっと車の中で見ていたの。家の外で、エンジンをかけたまま停車して、そうね、あの人たちがエンジンを噴かして立ち去る音がするまで、一〇分くらいはあったんじゃないかしら。

木を眺めるのに然るべき時間を超えちゃったからって一体どこが悪いのか、わたしにはちっともわからなかった。うちの前でパトカーが停まったとき、降りようとしたけど、降りられなかった——今までパトカーに乗ったことなんてなかったし、後部座席のドアの内側には取っ手がついてなかった——誰かが出してくれなければ、出ようにも出られなかった。最初は、自分の目にさっき飛び込んできた景色のせいで取っ手が見つからないのかと思ったわ。真っ白だった。見えていたのは、ただ一面の白。あの女や警察とのことは皆、目も眩むほどに白い紗を通してわたしに降りかかってきて、誰もかも何もかもが、ラジオから聞こえてくるような声をした幽霊でしかなく、わたしの後ろの何処かでわたしとは関係ない誰かに起こっているドラマみたいだった。玄関に立ってあの人たちの車が走り去るのを聞いていたときも、まだ、白いものが舞い散り、折り重なり、燃え立っているのしか見えなかった。彼らがいなくなると、自分の掌の下にあるカーペット地の小さなでこぼこやよじれが驚くほどずっしりと大きく感じられたわ。その場にかなり長いこと座り込んでいて、ようやく、その白の向こうに、おぼろげながらいろいろなものが見えてきたの。壁に掛かっている写真のフレーム、玄関口のテーブルに積まれたダイレクトメールの山、すぐそばでくるくる巻いている黒い電話のコードなんかが。

あなたに電話しようかと思った。それから、あの木のことを思った。わたしが今まで見てきたなかで一番美しい木。今まで見てきたなかで一番美しいもの。あの花は夏の盛りに咲く花みたいだった。三月に木々や藪でよく見る、雪や寒さを思わせるような、冷たい春先に咲く花なんかじゃなかった。あれは青空の白、陽炎《かげろう》の白、あんまり空気が暖かだから庭の物干しに掛ける間もなく乾いて、あなたがすぐに取り込んでくれたシーツの白だった。太陽の白、この世に存在するあらゆる色の背後にある白、ぱっくり開いた白の上でまたぱっくり開いた白、いい香りのする突き出た白が長い列をなして、それが上がり下がりして、こくりこくりと頷きながら「そうよ」という一言を繰り返し発しているような、あるいは自分自身を辺りにまき散らすような、そんな白だった。埃で汚れ、花粉でしみを作りつつ、蜜蜂に恋い焦がれて、奥底であなたを欲しがっている白。束の間だからこそいよいよ美しく、まさに散り際という今、ちょっとした風にも新しい葉が生えてくるのにも、触れなば落ちんという風情の白だったの。新緑の前の白なんだけど、緑が芽生えてくれば、そう、白よりももっと美しいはず、間違いないわ。わたしにはわかってた、もしもこの木に葉が出たところを見たりしたら、もう緑以外には何も嗅げないだろうし聞こえもしなくなってしまうだろうって。この頭の中がまるまる――目はいうまでもないけど――五感の全ても、頭のてっぺんからつま先まで、わたしというもののすべてが、あの木の葉緑素に埋め尽くされて変わってしまうのかも。わたしはね、もう変わってしまったのよ。わたしを見てちょうだい。わたしにはわかってた、玄関口に座り込んでばかみたいに目をぱちぱちさせてるけど、それも単に辺りがよく見えないというだけ。目の前に片手を持ってきて、それがひらひらするのを見ていても、まるで他人の手のようだった、そんな瞬間にもわかってたのよ、最後にわたしが見たあの木ほど美しいものを、わたしはもう二度と、見ることも感じることも味わうこともないだろうってね。

わたしは壁にもたれてよろよろと立ち上がった。何も見えないまま、手探りで階段のほうへ進み、手摺りをつかもうと手を伸ばしたの。上までたどり着くと、這うようにして踊り場から寝室へ向かい、ベッドに倒れ込んで目を閉じたけれど、その閉じたまぶたの裏にまで白がついてきた。血液がどくどくいうみたいに、その白が脈打っていた。暗く明るく、明るく暗く。これまでに、一体何度あの木の前を通っていたのかしら？　ただ通り過ぎるだけで、ちゃんと見もしないでいた。きっと千回は、いえ千回以上は、あの道を通ったに違いないのに。どうして気づかずにいられたんだろう？　他にもどれほどのものを見過ごしてきたのかしら？　どれほどの、愛すべきものを？　でも、そんなことどうでもよかった。他のことは、もうどうだってよかったの。蕾《つぼみ》はまるで、子鹿の群れの尖ったひづめみたい――いいえ、違う、あれは蕾以外の何にも似ていなかった。葉っぱだって――生えてきたらの話だけど――葉っぱ以外の何にも似てないに決まってるしね。あれほど「木」らしい木を見たのは生まれて初めて。何だかほっとした。それで、根っこや幹のことも考えてみたの。根や幹が吸い上げた水分が枝を通って蕾や花や葉に行き渡るでしょう。それから雨が降ると、逆に水を受けた葉を通じて水分が木全体へと循環してゆく。そんな風に考えただけで、もうぞくぞくしてしまったわ。すごく賢いと思わない？　そのお陰でこのわたしも呼吸できるんだから。わたし、あの木の髄と樹液を守っている樹皮を祝福したの。樹皮に走ってる、ほっそりした溝のことにも思いを馳せたわ。指で触れてみたらどんな感触だろうって。それから、その内側にある、永遠に円を描き続ける年輪のことも。層の一つ一つがあの木の一年分の命と四季を表しているんだ、そんな風に思ったら、一〇代の子供みたいにわあわあ泣いてしまったの。ベッドに仰向けに寝て声を上げて泣き笑いなんて、まるで一七歳に戻ったみたい。わたしがわたしじゃないみたいだった。だって、仕事してるはずの時間に、わたしは何故か枕を抱いてベッドに寝転がってたんだもの、それも心から、いいえ魂から頭から肺から、わたしをこんな風に軽やかで高揚した気分にさせているものすべてを込めて。それが何であれ、その糸がぷつんと切れて、ぽーんと飛んで、わたしの手に届かないほど高いところまで行っちゃって、あの木のてっぺんの枝に引っかかっていたの。

それから、眠ったの。木の夢を見たわ。夢の中でわたしは果樹園を兼ねた部屋に登っていたの。そこは大きな古い家のてっぺんだった。家の一階は荒れ果ててペンキなんかも剥げ落ちていたけど、二階から上はもう樹木そのまま。壊れた、危険な階段を登って、他の階をすべて通り抜けて、その部屋のドアの前に到着したの。部屋の中では、小さな木々が屋根の下でじっと、わたしを待っていてくれた。そして目が覚めた時、わたしには、色々なものがもっとはっきり見えるようになっていたの。だから、洗面所で顔を洗って服の皺を伸ばしてみた。わたし、結構しゃんとして見えたわ。それからキッチンに降りると、流し台の下の棚を引っかき回して、革製のケースに入ったあなたのお父さんの古い双眼鏡を、ついに見つけ出したのよ。洗面所の窓からも寝室にある二つの裏窓のどっち側からも見えはしなかったけれど、ロフトに上って小窓から、ひさしが邪魔にならないような角度で身を乗り出してみたら、家並みの間であの白の上の部分がゆらゆら揺れているのが、簡単に見られたわ。上手に身を乗り出せば、ほとんど全部見えるときもあったのよ。でも、屋根の支柱と支柱の間でバランスを取りながら身を乗り出すのって、結構大変だった。だから、最初に使っていたベッドでわたしたちがマットレスの下に敷いてた古い板を物置小屋の裏から持ってきて、ロフトの昇降口に通せるようにのこぎりで二つに切って、それからまた物置に戻って金槌と釘を見つけると、ロフトの上で板二枚を一緒に返して釘付けにしたの。

鳥たちがあの木を訪れていた。鳥たちはふとやってきては、束の間――時には一分も――そこに留まって、また飛び立って行くのね。一羽で来たり、つがいで来たり、それが白の中ではためく黒になっていたんだわ。それとも、みんな花の中に消えていこうとしてたのかしら。ほら、昆虫は、鳥にとってはごちそうで、よく木の幹や枝で暮らしていたりするから。例えば蟻《あり》にしたって木というのは子どもを育てるのに理想的な場所なのよ。油虫のような虫をふやして囲いに入れて太らせたら、自分たちのミルクにするの（こういうことはみんな、夕方、インターネットで調べたのよ）。行き交う車はあの木に気づかずに通り過ぎ、通行人はあの木の後ろを行ったり来たりしてた。お母さんたちはあの木の前を通っては、学校から帰ってくる子供たちを迎えに行ったし、仕事帰りの人々があの木の周辺を、通り過ぎた。空では太陽があの木の周りをめぐり、木の枝はそよ風に上がり下がりしてた。花弁はひらひらと舞い散って車や芝生の上に落ちていった。

狂ったように遠くまで飛んでいって何処に着地したか見えないのもあったわ。時間なんて飛ぶように過ぎていったの。本当にあっという間だったんだから。あなたが突然仕事から帰ってきてロフトにいたわたしを大声で呼ぶまで、わたしはきっと午後の間ずっと見ていたに違いないわ。わたしは降りていって、パソコンをオンラインにつなげると「樹木」と打ち込んだのよ。結構な数がヒットしたわ。あなたに夕ご飯よって呼ばれて一度やめたけど、ご飯の後はまたインターネットに向かってた。それからあなたが、少しは睡眠を取れるよう今すぐベッドに来てくれないなら本気でお先に失礼するわよ、って言ったから、またやめたのよね。

でも真夜中に、あの木を自分のものだなんて思ってるあの女に猛烈に腹が立って、目が覚めて、ベッドでがばっと跳ね起きたの。自分でも何故こんなに怒ってるのか信じられないほどだった。樹木みたいな誰のものにもなり得ないものを、いったいどうして自分のものだなんて思ったりするのかしら？　たまたま彼女のうちの庭に生えていたからって、その木まで彼女のものということにはならないわ。彼女のものなんかであるはずがない。明らかに、あれはわたしの木だったんだもの。

わたしは何か実力行使に出ようと考えたわ。今から闇に乗じて外へ抜け出し、こっそり彼女の家へ石を投げつけて、窓の一枚や二枚を割ってやってから逃げようかしら。そうすれば、あの女には所有権なんかないって、見せつけてやれるかもしれない。当然の報いってやつよ。ふと目覚まし時計を見ると、夜中の一時四五分だった。あなたは眠っていた。寝返りをうって、何だかむにゃむにゃ寝言を言ってたわ。わたしはあなたの邪魔にならないようにそっと起き出すと、服を持って洗面所に行った。そこなら着替えの最中にあなたを起こすこともないから。

わたしが外に出たときは、どしゃ降りの雨だった。わたしは裏庭に行き、庭木の下で、投げるのに丁度いい大きさの石を探し回った（だからって、木を、昼間に見たあの木よりも軽んじてるって訳じゃないの。うちのだって素敵だし立派だし、わたしのすべてよ。ただ単に、うちの木はあの木じゃないというだけ）。わたしたちが以前何処からか持ってきた、すべすべした海岸石が幾つか見つかったから、わたしはそれを上着のポケットに入れて、裏道から出て行った。あなたが表の方で物音を聞いたりする心配がないように。その女の家に行く途中、道ばたに、資材運搬用のトロッコが置いてあった。誰かが私道の引き込みをやっていて、玄関ポーチを掘り返していたの。トロッコには煉瓦が、長方形のも、半分に切った正方形のも両方たくさん入っていて、砕いて棄てられた舗装の平石もたっぷりあった。わたしを見ているひとはいなかった。わたしがいた通りだけじゃなく、どの通りにも人影はまったくなくて、ごくたまに窓の明かりがついているくらいだった。

あの女の家に着いたとき、辺りは濃い闇に包まれていた。わたしは雨でずぶ濡れだった。彼女の家の門の外は、花弁が濡れ落ちて歩道いちめんに貼りついていた。わたしは平石を小脇に抱えて、音を立てずに門を開けた。非の打ち所のない泥棒にだってなれたかもしれない。そのままそおっと芝生を横切って、わたしはあの木の下に立ったの。

雨が打ちつけて、花弁を散らしていた。水を滴らせる木の周りを囲んで草の暗がりの中に浮かび上がる白い円環の中へと、雨のしずくの重みで力のない花弁が落ちていった。満開の花をつけた枝が、その音をさらに大きくしていた。わたしの頭で、一定のリズムでハミングする雨音の中、しずくの一粒一粒が花の一つ一つに当たって弾ける音が聞こえていた。わたしは息を潜めて、木の根元の濡れた草むらに座ってみた。花弁はわたしのブーツにも降り積もり、手櫛で髪を梳《す》くと、指にも花弁が引っかかった。必要になることもあるかと、わたしは持ってきた石ころや小さな煉瓦や敷石をきれいに一列に並べてみた。花弁はその石や煉瓦にもくっついたわ。二枚ほどはがしてみたら何だか結婚式の直後みたいな感じがした。気がつくとわたしは震えてたのよ、別に寒くもなかったのに。寒いというより湿った感じ。とってもいい感じだった。木の幹に背中をもたせかけ、その畝になったところが上着を通してわたしの背中に押しつけられるのを感じながら、わたしは、雨で花が散らされ満開の様子がばらばらにちぎれてゆくのを見ていたの。

あなたはキッチンのテーブルで私と差し向かいに座って、自分は恋に落ちてしまったのだと言う。私が相手は一体誰なのかと問うと、あなたはとがめるように私を見つめる。

誰っていうんじゃないのよ、とあなたは言う。

それからあなたは、木に恋してしまったのだと告げる。

あなたはずいぶん調子が悪そう。顔色も悪い。それで私は、あなたは熱があるのかもしれないし風邪の前兆かもしれないと思う。あなたは、トースターの下に敷いてあるマットをいじくっている。私は平静を装っている。怒ったり慌てたりする様子なんて見せはしない。マットの下に列をなしているパンくずをじろりと見やる。私たちが今まで食べた朝食の何回分があそこに溜まっているのかは、神のみぞ知るところ。あなたは決して嘘を言わないひとだから、今は然るべき理由があって嘘をついているに違いないと、私はひそかに思う。嘘なんて、まるであなたらしくないから。でもそういえばこのところ確かに、あなたはちっともあなたらしくなかった。挑戦的だったかと思えば心配そうだったり、でもまたすぐに晴れ晴れとした顔つきになったり、子供のようにくるくる表情を変えるようになった。私が眠ったかと思うや、こっそりベッドを抜け出して家を出るようになった。それに今のあなたは、種子の散布や森林再生なんかについて妙なことを、絶えず私に話しかけてくる。昨夜もあなたは色々なことを喋りまくった。木が一つの林檎を作るのに、葉五〇枚分のエネルギーをいかにして使うか、一本の木がいかにして何百万枚もの葉を生み出すか、木の幹には二種類の木質《もくしつ》があって、これを心材と辺材というが心材は木が老廃物をしまい込むところだとか、森林や林で大木の下に生えているために日光を十分に採れない樹木は下層木と呼ばれるとか、等々。

わたし、木に恋しちゃったの。どうしようもなかったのよ、か。私には完全に、怒る権利がある。けれど、私は敢えて穏便に事を運ぼうとする。そうする道はある。私はこういう時にぴったりの台詞を思いつこうとする。

神話にあるみたいに？　と私は言う。

神話じゃないのよ――あなたが言う――何の神話？　わたしのは本当に本当なの。

了解、と私は言う。なだめるように言う。私は頷く。

信じてくれる？　と、あなたが言う。

うん、信じる、と私は言う。本気でそう言っているかのような響きを込めて。

問題は樹木にあるのだと私が本当に信じられるまでには、少々時間がかかるし、そう納得がいった時にはもちろん、私はほっとする。それどころか、私は喜ぶ。長い年月を私たちは一緒に暮らしてきたが、この間における唯一の真の恋敵には、生殖器もないのだ。私は自分の幸運ににんまりしながら、かなり長いこと、うろうろ歩き回る。相手が木とは、何とまあ、忍び笑いが漏れてしまう。スーパーマーケットで林檎を袋いっぱい買う時のように。さくらんぼの茎を引き抜くとそれを弾き飛ばし、さくらんぼを空中に放り投げてぱくっと口にくわえ、一人で悦に入って、誰か見ててくれないかと期待してしまう時のように。

私は大した未熟者だ。何もわかってはいない。

これが、私が信じることで払った代償だ。それから二日後、私が仕事から帰ると、あなたは金槌とドライバーでもって、表通りに面した部屋の中央の床板を剥がしていた。床板を敷くのは、私たちには結構な散財だった。私もあなたも、それはわかっていた。私はカウチに腰掛ける。両手に頭を埋める。あなたは嬉しそうに見上げる。そして、私の顔を見る。

この下に何があるのか見たかっただけなの、とあなたは言う。

コンクリートでしょ、と私は言う。思い出してちょうだい、私たちがここに越してきて、この床を張る前はコンクリートの打ちっ放しだったでしょ。それがあんまりひどかったものだから、フローリングを敷いたんじゃない。

そうね、でも、わたし、コンクリートの下に何があるのか知りたかったの、とあなたは言う。確かめる必要があったのよ。

じゃあどうやってコンクリートの下まで穴をあけるの？——私は言う——ドライバーじゃ絶対に無理よ。

ホームベースっていうDIYセンターがあるじゃない、あそこでドリルを手に入れるつもりよ、とあなたは言う。どのみちドリルは必要でしょ。

あなたはカウチの私の隣に座り、あの木を私たちの家の中へと移植するつもりだと言う。

うちの中で木は育てられないでしょ、と私。

あら、できるわよ、とあなたは言う。わたし、ちゃんと調べたんだから。十分な水をやって、蜜蜂を媒介に受粉できるようにさえ気をつけていれば、大丈夫よ。だから、蜜蜂も飼わないといけないんだけど。飼ってもいい？

日光はどうするの？——私は言う——樹木には日光が必要でしょ。それに、根はどうするつもり？　木の根っこが家屋の下に潜り込んだら、危険だし、土台を持ち上げてしまうこともあるわ。

あるべき道を逸れて、本当に自分が住んでいる家の土台を持ち上げたりしたら、あまりにもばかげてるじゃない。違う？

あなたは私の隣でしかめ面をする。

で、その木は何の木なの？　私は尋ねる。

わたしに向かって「何の木」なんてやめて――あなたは言う――前にも言ったでしょ、そんなのって、まるでお門違いよ。

実際のところ、私はいまだその名高い木にお目にかかる許可を得ていない。あなたはそっと心にしまって、自分だけの秘密にしている。でも、それが家の裏手のどこかにあるということは私にもわかっている。ロフトの窓が面しているのはその道だし、あなたは家にいる時は昼の間中ずっとロフトにいるのだから。その木につい最近葉が出始めたことも知っている。その前に、あなたが初めてその木を見た花盛りの頃のことも、一面白だったとか何とかそういうことも全部、もう私は何回か聞いていた。そう、あなたは私に電話しようかと思ったけれども白以外の何も見えなかったとか、そんなこともすべて。毎晩ベッドに入ってから私が寝入ったふりをするまで、あなたは私を納得させようと躍起になっているかのように、いよいよ多くの木に関することを私に教え続けてきた。最初の晩に、私がそれは何の木なのと尋ねたら、あなたはむっとしてしまった（それで私は思ったのだ。きっとあなたは自分の情事か何かを私から隠そうと画策していて、うっかり木の種類を決めておくのを忘れ、私に図星を指されてしまったのだろうと）。まさにパニック状態で両腕を振りながら、あなたは言った。だって木の名前なんていうのは、何でも分類しなきゃ気の済まないひとたちが出鱈目につけたラベルに過ぎないじゃない、世の中のひとは分類ってやつにずいぶんと入れ込んでるけど、でも、ここで大切なのは、あの木は分類不可能ってこと、あれは今までわたしが見た中で一番美しい木で、わたしにわかるのはそれだけ。わたしはそれだけわかっていればもう充分だし、あの木に名前なんてつける気はないわ。それだけが大事なのよ――あなたはそう言ったっけ――わかってくれた?

駄目よ、と私は言う。私たちの部屋の残骸を目の前にして、冷静に物わかりよさそうに座ったまま。よく聞いて、私の思ってることを言うから。家の中で育てられる木もあれば、到底無理な木もあるの。家屋が樹木の発育を阻害してしまうのよ。そうしたら、きっと木は枯れてしまうわ。あなたの説明を聞く限りでは、もちろん私は見たことはないけれど、その木は現時点で既に家の中に植え替えるには大きすぎる感じがものすごくするの。

わかってるわ、とあなたは言う。あなたは、私たちの足元にあった、床板のまだ無傷だった部分にドライバーを落っことし、情けなさそうな表情で私にもたれかかる。私は自分が勝利したことを感じる。私の腕の中にいるあなたは温かい。私は頭を振る。私は、わかったといわんばかりの悲しそうな表情を崩さない。

それに、きっとその木はもうしっかり根づいてしまっているから、移植したら根を傷めてしまうでしょうね、と私は言う。

わかってるわ、とあなたは打ちひしがれて言う。そのことは気になっていたのよね。それにいずれにせよ、と私は続ける――口調は穏やかなまま。その方が効果的だとわかっているから。あなたの木のことだけど、あれは他の人のものであなたのものじゃない。そうでしょ？

おそらく、こんなことは言うべきではなかったのだろう。ただ、その晩は私の腕の中にあなたをしっかり抱きしめられたし、その晩のあなたは、私をおいてベッドから抜け出したりもせず、よそよそしくも無表情でもなかったのだから、それなりに言うだけのことはあったのかもしれないけれども。けれど、その翌日に器物損壊罪を問われたあなたの身元引受人として警察へ行く羽目になった理由の一つは、確実に私にある。家に帰る間中、あなたは私に言い続ける、わたしは何も悪いことなんかしていないと。あなたは何度も何度も同じことを言う。尋問室であなたの発言を記録していた男に繰り返し語っていたのと全く同じことを。私は、あなたが遠回りをしたがっていること、近道を使いたくないらしいことに気がつく。

あなたを家に無事連れ帰り、私がいれてあげたお茶を片手にあなたが危険なロフトにまた上がり込むのを見届けてから、私は密かに外へ出る。そして、あなたが私と一緒に歩きたがらなかった通りを目指す。一見すると、何も問題はなさそうだ。しかしやがて、富裕層が集まる界隈の、私も知っている一軒の家の外で、ふとうつむいたはずみに私は見つけてしまう。歩道に、鮮やかな緑色のペンキでとても大きく、「所有とは泥棒なり」と書かれてあるのを。

その庭には木が一本ある。私はそれをまじまじと見つめてみる。どう見ても、ただの木だ。はっきりいって木でしかない。どこにでもあるような老木にしか見えない。西日が低く射すなかを、宵の口の蜻蛉《かげろう》がその周囲で飛んでいて、若葉はといえばまだ開ききっておらず、下生《したば》えはまばらで影になっている。私は、むかむかと腹が立ってくるのを感じる。何か別のことを考えようとしてみる。蜻蛉は五月の蠅《メイフライ》なんて呼ばれているが、正式名称はエフェメロプテラというのだと、自分に言い聞かせてみる。確か大学で学んだのだ、今となってはどうやってそんな事実を知ったのかも、とりわけ何故今までそれを覚えていたのかも、まるで謎なのだが。どんな名称で呼ばれようとも、空中に浮かぶ姿がなんとなく業腹な蜻蛉は、この際どうでもよかった。一瞬、私は蜻蛉を憎む。奴らを一掃できる殺虫剤か何かを一面にまいてやろうかと夢想する。この木に斧の一打ちをくれてやるのもいい。のこぎりの歯なんてどうだろう。樹皮の下にある二種の異なる木質とかいうのが、おがくずを散らすことだろう。

　匿名の手紙をこの家の所有者に出して、木の根っこは家の土台を揺るがす危険があると告げたら（残念ながらこの木は土台と全く関係なさそうなところに植わってはいるのだが）、ひょっとしてその人がこの木を処分してくれないかしら、とも考える。拝啓――私は手紙をタイプしているところまでは想像するものの、そんな自分に呆れて頭を振り、きびすを返して立ち去ろうとする。その瞬間、歩道にペンキで書かれた言葉が再び目に入ってしまう。その殴り書きされたさまや、そして早書きで斜め書きでおまけに緑色の文字たちが、あなたと初めて知り合ったときのことを私に思い起こさせる。あのときは二人ともまだ青春時代が過ぎて間もない頃で、自分たちには世界を変える力があると確信していた。

家の表玄関から、一人の女性が現れた。明らかに、自分の家の外で知らないうちに笑い出していた私を止《や》めさせたがっている。彼女は、あっちへ行けと、私に向かって大声を上げる。もし行かないのなら警察を呼ぶと言う。

私は家に帰る。あなたはロフトに上がっている。私はあなたがそこにいることが心配でならない。床でもないところで、たかだか薄い板一枚に過ぎないものの上で熱に浮かされたようにバランスを取っているのだから。あなたはきっと、私が子供の頃に遊んだ双眼鏡の拡大レンズを通して、あの木を眺めているのだろう。頭の中では、あの木が音もなくクローズアップされて、そこに見えるのに触ることは出来ず、ただ揺れているのだろう。まるでスーパー八ミリ・フィルムのように。あなたのことはよくわかっている。決して妥協しないひとだということも。だから、降りてきてなんて言っても無駄なのだ。それでもあなたは、お皿に盛りつけたギリシャ風サラダを、別のお皿を蓋代わりにかぶせ、きちんとフォークまで添えて、私に残しておいてくれた。私は剥がされた床板の前に置いてあるカウチに座る。食事をしながら、二本の木に変わったという老夫婦の話を思い出す。彼らは、自分たちの家のドアを叩いた異邦人を迎え入れてやるのだが、そこで自分たちのもとを訪れたのが実は神々だったとわかって、神の恩寵が約束されるのだ。私は色々な本を手当たり次第探して、ようやくお目当ての本にたどり着く。でも、そこには問題の老夫婦の話が収録されていない。その代わり、嘆きのあまり木になってしまう若者や、恋敵が死ぬ原因を偶然に作ってしまい低木に変えられる嫉妬深い娘の話、ある少年が屋外であまりに美しい音楽を奏でたので、木々や茂みが根を動かして彼の方へ近寄り、木陰を作ってあげたという話などはある。まだ他にもある。神が少女に恋をしたけれど、彼女の方は彼が好きではなく、彼がいなくても充分に幸せで、しかも素晴らしい女狩人だったから、彼がいくら彼女を追い回しても、ほとんど振り切るように韋駄天《いだてん》走りで逃げてしまう。けれど、彼の方は神でも、彼女は所詮永遠の命など持たない身の上であるから、本当に振り切ることはできない。おのれの精魂は尽き果てつつあって、相手はもうすぐ自分を捕まえて、ものにしてしまうだろうと悟るや、彼女は父なる川に向かって、助けて欲しいと祈る。父親は、娘を木に変えて守ってやる。突如、彼女の足は根を張り始める。おなかは強ばって樹皮になる。口はしっかり閉じられ、顔は一面の苔で覆われる。目も、地衣の下でぴたりとくっついてしまう。頭上にかざした両腕は幾本もの若枝を生やし、幾百もの葉が指の一本一本から芽吹き出す。

この物語のところで、私はページの端を折る。それから、明日までに準備しておかなくてはいけない仕事を片づけると、あなたを呼んで、いつものように、私はベッドに入ると伝える。もしも、私が明かりを消して眠れるようあなたも一緒に寝てくれるのでないなら、私はお先に失礼する、と。

一緒にベッドに入ると、私はくだんの本を、問題のお話のところを開いて、あなたに手渡す。あなたはそれを読む。嬉しそうな顔をする。光源を求めて私の上に寄りかかりながら、もう一度読む。私はあなたの肩越しに、自分の好きな部分を読む。木に変わった娘の輝くような美しさと、その枝で自分を飾るしかない、無力な神を描写した場面だ。あなたはもう一度ページの端を折り込み、本を閉じるとベッドのサイドボードにしまう。私はライトのスイッチを切る。

私が寝入ったと思うとすぐに——私は呼吸を規則正しくして、眠ったと思わせてる——あなたは起き上がる。あなたが扉をそっと閉める音を聞くと、私もベッドからそっと抜け出して服を着替え、階下に降りて裏口から外へ出る。今夜は初めてだから、もっと分厚い上着を引っかけてくればよかったと後悔する。いずれはそういうこともわかってくるのだろう。

あの木がある家に着くと、あなたが木陰の暗がりにいるのが見える。地べたに仰向けに寝そべっている。眠っているようだ。

そこで私は、あなたの隣に行き、木の下に寝転がる。

解説

アリ・スミスはスコットランドのインヴァネスに一九六二年に生まれ、現在はケンブリッジ在住の作家である。軽妙洒脱な語り口、日常と非日常の境界をゆさぶるような事件の設定、引き締まった物語構成などを自家薬籠中のものとするスミスは、短編小説にもっともよくその手腕を発揮するタイプで、「五月」はその好例といえよう。

「五月」は、「わたし」と「私」という二人の語り手によって紡がれる物語である。恋人同士であるこの二人の性別は明らかにされていないが、作者自身が同性愛を公言し、彼女の作品には多く女性のカップルが登場することや、テクストの細部に見られる描写などからも、この二人もおそらく女性であると考えられる。しかし、同性愛という観点からのみ作品を読み解こうとすることは、「五月」にはふさわしくない。なにしろこれは、人間が一本の木に「もの狂い」ともいえるほどの恋情を寄せる物語なのだから。

作中の「わたし」が落ちてしまった恋のことを、パートナーである「私」はなかなか理解することができない。このような二人の隔たりを示すために、スミスは語りの構造に趣向を凝らしている。作品は二人の対話ではなく、あくまで各々の独白によって成り立っているのだ。読者には、彼らの対話に直に接しているような幻想を抱くことは、許されていない。読み手は、物語の前半では「わたし」の告白を、後半では「私」の語りの枠の中で再現される会話とことの成り行きを

——つまり、それぞれのすれ違った言い分を——受け止めるしかないのである。

「わたし」の語りが、直接的にはもう一人の登場人物に向かっての台詞であって、換言すれば作品の内部での発話であるのに対し、「私」の方は作品の外側を向いた一人称の語り手に近いという差異は、「わたし」の直接的経験を理解するのに「私」には緩衝剤としての何らかの枠組みが必用であることを示している。そこで「私」は、相手の話を聞いてすぐ、「神話にあるみたいに?」と尋ね、神話というフレームの中で異種のものへの愛をとらえようとするのだ。

その故もあって、「私」はある神話に心惹かれる。古代ローマの詩人オヴィディウスの『変身物語』で有名な、ダフネとアポロンの伝説である。河神の娘ダフネは、太陽神アポロンに追われて月桂樹へと姿を変え、それ以来月桂樹はアポロンの象徴となったというのがその主旨だが、オヴィディウスによれば、彼はその時「私の妻になりえないなら、私の木になれ」と語りかけたことになっている。作中の「私」が、月桂樹の「枝で自分を飾るしかない、無力な神を描写した場面」を特に好きだと述べるのには、アポロンの、彼女は自分の思い通りになる存在ではないという諦念と、それでもなお近くにいたいという心が、「私」自身の心情を反映しているからなのだろう。かくして、物語の最後では、「私」は「わたし」の傍に、文字通り黙って寄り添うのである。

二人と一本の関係が今後どうなるかは、作品中にはっきりと描かれてはいない。しかし、「わたし」が木に寄せる想いと、「私」が「わたし」に寄せる想いとは、すれ違いながらも、作者の筆によって愛おしむべきものとして提示され、しみじみとした読後感を与えてくれるのだ。

はじめての懺悔

フランク・オコナー
阿部公彦　訳・解説

いよいよ訪れたはじめての懺悔の日。罪の意識におののくジャッキーは、いきなり大失敗をやらかした……！

すべての発端は祖父さんの死だった。父方の祖父さんが死んで、祖母さんが僕たちと同居することになったのだ。ただでさえ一つ屋根の下で親類が暮らすなんて面倒がつきものなのに、祖母さんは昔ながらの田舎の人で、都会の生活にはまるで不向きだった。太った顔は皺だらけ。母さんが嫌だったのは、祖母さんに家の中を裸足で歩き回られることだった。靴なんて履いてたらまともに歩けやしない、っていう。祖母さんの夕飯は黒ビール一杯と鍋にもったイモ。あとは塩漬けのタラをつまむくらいだった。イモは鍋から食卓にどさっとあけちゃう。フォークなんか使わない。手で、おいしそうにゆっくりと口に運んだ。

だいたい女っていうのはああだこうだと細かいことでうるさい。そのせいで、僕こそとんだとばっちりだった。姉さんのノラは、祖母さんが毎週金曜にもらう年金目当てに、何かとおべっかを使っては小遣いをもらっていた。僕にはとてもそんなことはできない。僕は正直だった。それが僕の弱点だと思う。ビル・コネルのお父さんは軍で曹長をしているが、この子と遊んでいるときに、坂をえっちらおっちら祖母さんが上ってきて、肩掛けから黒ビールの容器がのぞいているなんてことがあった。げっと僕は思った。それでいろいろ言い訳をつくろって、ビルがうちに来ないようにした。だって、祖母さんが何をしでかすかわからないから。

母さんが仕事で遅く、祖母さんが夕食をつくるときは、僕はぜったいそのご飯に口をつけなかった。一度、ノラが無理矢理食べさせようとしたことがあった。僕は机の下にもぐりこんで、パンナイフで武装して抵抗した。ノラはいかにも怒った風になって、僕をつかまえようとした（もちろんノラは怒ってなんかいなかった。母さんにはそれがわかると計算して、とりあえず表向き祖母さんの味方をしてみせただけだ）。僕がパンナイフで立ち向かうと、ノラはやっとあきらめて引き下がった。僕は母さんが仕事から帰ってきてご飯をつくってくれるまで机の下でねばったけど、そのあとで父さんが帰ってくるとノラはさもたいへんだという調子でこんな風に告げ口した。「ねえ、パパ。ジャッキーが夕御飯のとき、何したか知ってる?」そう。それでぜんぶばれちゃったわけだ。僕は父さんにぶたれた。母さんはとめてくれたけど、そのあと、しばらく父さんは僕に口をきいてくれなかった。母さんのほうも、ノラとほとんど口をきかない。それもこれも、祖母さんのせいだった。まったくとんでもない話だ。

しかも、災難は続くもので、僕にははじめての懺悔と聖体拝領とが待っていた。ライアンっていう婆さんが教育係りだった。祖母さんとはだいたい同い年。家は金持ちで、モンテノッテの大きな屋敷に住んでた。黒いコートに黒い帽子をかぶり、毎日、僕らが下校する三時になると、学校に来ては地獄の話をした。地獄だけじゃなく、天国のことも何か言ってたかもしれないけど、たまたまだろう。この人、頭の中は地獄のことでいっぱいだったから。

ライアン婆さんはろうそくに火をつけて真新しい銀貨を取り出すのだった。そして言う。あの学校の時計で五分間、自分の指を一本、この炎にかざす勇気がある子がいたら、この銀貨をあげる、と。「指一本でいいのよ！」僕は何事にも挑んでいくタイプだったから、やる、と言いたかったけど、がめつい奴だと思われるのも嫌だったからやめておいた。そうするとライアン婆さんは、こんなちっぽけな火にたった五分間指をかざすのが怖い僕たちが――「指一本だけなのに！」――永遠に灼熱の業火《ごうか》に全身焼かれるのが怖くはないのか、と訊いてきた。「永遠によ。考えてごらん。ひとの一生なんて、それに比べたら一瞬よ。永遠の苦しみの海から見たら、一生なんて、ひと滴《しずく》みたいなものよ」この人は地獄のことを話し出すとほんとうにとまらない。でも、僕の目は銀貨の方に釘付けだった。話が終わると、ライアン婆さんはその銀貨をしっかり財布の中にしまった。がっかりだ。こんなに信仰が厚いんだから、銀貨のひとつやふたつ、構わず放っておけばいいのに。

ライアン婆さんはこんな話をすることもあった。ある神父様の経験とのこと。夜、神父様がふと目覚めると、知らない人がベッドの端からこちらに身を乗り出している。怖い、と思ったそうだ――当然だ。で、どうしたんですか？と神父様は訊いた。すると、その人は低いしゃがれた声で、懺悔をしたいと言った。こんな時間に懺悔っていうのもなんだから、朝になってからにしませんか、というとその人は、前に懺悔したとき、自分はひとつだけ、犯した罪を言わずにいた。とても口にできなかったから。でもそれがずっと気になっている、ということだった。これはたしかにいけないと神父様は思った。この人は嘘の懺悔をした。地獄に落ちるような大罪だ。神父様は身支度を整えることにした。そこへ、にわとりの鳴き声が外から聞こえた。すると、なんということだろう。神父様はあたりを見回したが、もうどこにもその人の姿は見えなくなっていた。木の焦げる匂いだけがする。ベッドを見ると、ふたつの手の跡が、焼け焦げとなってそこに刻印されているではないか。こんなことになったのも、正しくない懺悔をしたためなのだ。この話には僕もぞっとした。

でももっとひどかったのは、ライアン婆さんが、どうやって自分の良心をチェックするか教えてくれたときだ。主のこと、神のことを習って、ちゃんと身についていますか? お父さんやお母さんのことを尊敬していますか?（祖母さんのことも尊敬しなきゃいけないんですかと僕が訊いたら、そうだと言われた）隣人を自分のように愛していますか? 隣人の持ち物をむやみと欲しがったりしませんでしたか?（ノラが毎週金曜に祖母さんからもらってる小遣いを見て、僕がどう思っているかが頭に浮かんだ）どうやら、あれやこれやで、僕はモーゼの十戒はみんな破っているのだ。ぜんぶ祖母さんのせいだ。きっとあの人が家にいる限りは、僕はずっとこんな調子にちがいない。

僕には懺悔が死ぬほど怖かった。クラスのみんなが教会に懺悔に行った日、僕は歯が痛いふりをした。僕がいないことに誰も気づかなければなと思った。だけど、三時になって、そろそろ大丈夫かな、と安心した頃、ライアン婆さんからの伝言を預かった人がやってきて、土曜に教会に行って懺悔をし、それからみんなと一緒にミサに出るようにと告げられた。しかもなお悪いことに、母さんはその日は一緒に来ることができなくて、ノラが代わりについてくることになった。

　ノラの奴、母さんの知らないところで僕にいろいろいじわるをする。このときも、坂をくだりながら僕の手を取り、悲しそうな笑みを浮かべて、まるで僕がこれから病院で手術でも受けるみたいな言い方で、可哀想にねえ、と言った。

「ほんとにねえ」ノラは嘆いた。「いい子にしてたらよかったのに。ジャッキー、ねえ、あたし、ほんとに悲しいわ。あんた、思い出せないくらい、いろいろ悪いことしたものね。神父様には、お祖母さんのすねを蹴ったことも言わなくちゃだめよ」

「放せよ」僕はノラの手を振りほどこうとした。「懺悔なんて、ぜったい、したくない」

「だめ。行かなきゃ、ジャッキー」ノラは相変わらずの悲しげな調子で言った。「行かなかったら、きっと神父様は家にまで来て、あなたのことを見つけようとするよ。あたし、ほんとのほんとにあんたのこと、可哀想だと思ってるんだからね。だいたい、あんた、あたしのことをパンナイフで刺し殺そうとしたんだよ。テーブルの下で。あたしの悪口も言ったよね。神父様、いったいどうするんだろう。ね。ひょっとしたら、司教様送りかもよ」

　ところが実は、ノラが知ってることは、僕が懺悔しなきゃならない罪の半分にも満たないのだ。そう思うと、よけい嫌な気分になった。僕にはきっとぜんぶを言うことはできない。だから、ライアン婆さんの話に出てくる人がどうして正直な懺悔をできなかったのかも痛いほどよくわかった。みんながあの人を責めるのはひどい。教会に下りていく坂は急だった。谷間には川が流れていて、その向こうの斜面には陽がさしていた。家と家の間から見えるそんな光景を見ながら、アダムがエデンの園から出ていくとき、最後に目にした風景もきっとこんなだったんだろうな、と僕は思った。

さて、いよいよ教会の敷地だという長い石段の所まで僕を連れてくると、ノラは急に声色を変えた。いよいよ本性をあらわして、いじわる心をむき出しにした。

「さあ、着いたわよ」教会の扉を開けて僕を押しこむ。ざまあみろ、という様子がありありだった。「神父様、たっぷりと悔い改めの祈りを唱えさせてくれるといいわね。ほんと、あんた、減らず口ばっかりなんだから！」

もうこれまでだと僕は思った。あとは永遠の裁きを受けるしかない。色つきガラスをはめた扉が僕の後ろで閉まった。陽の光にかわって、深い影があたりを覆った。外をヒューヒューと吹きすぎる風のせいで、中の静けさは足元でカチンカチンに凍った氷みたいな音を立てるように思えた。懺悔の部屋のわきに僕は座った。ノラは前の席だった。ノラの前に何人かの婆さんがいた。それから、ひどくしょげた風な子がやってきて、僕を通せんぼするみたいに座ったので、もし僕が覚悟を決めて逃げようとしても、もう無理だった。この子は手を合わせて屋根の方に目をやり、苦しそうに救いを求めてつぶやくように祈っていた。この子にも祖母さんがいるのかな、と僕は思った。こんなひどい目に遭うからには、きっと祖母さんがからんでいるにちがいない。でも、僕よりはましだ。この子はちゃんと自分の罪を懺悔できる。僕は犯した罪をちゃんと言えないまま、夜の闇の中で死んで、そのあと亡霊になり、戻ってきてはひとの布団に焼け焦げをつくるんだ。

ノラの番になった。懺悔の部屋の中で、何かがガシャンと音をたてた。それからバターをしゃぶっているようなノラの声がする。またガシャンという音。そうしてノラが出てきた。まったく、女っていうのはほんとに偽善的だ。伏し目がちに頭を前にかたむけ、お腹のあたりで手を合わせている。御堂の端の通路を壁際の祭壇まで歩いていく様子はまるで聖者気取りだ。見事な信心。家を出てからの僕に対するノラのいじわるの数々を思い出すにつけ、いったい信仰の厚い連中っていうのはみんなこんなもんなのかと僕は思ったものだ。いよいよ天罰を受けるんだという思いで、僕は懺悔の部屋に入った。扉はひとりでに閉まった。

中はまっくらだった。神父様も何も見えない。それから僕は猛烈に恐ろしくなった。暗闇の中では神様と一対一だ。神様が圧倒的に有利だ。神様には僕が何をしようとしているのかが、僕がじっさいにそれをはじめる前からお見通しだ。僕には勝ち目はない。今まで懺悔のやり方について教わってきたことが僕の頭の中でぜんぶごっちゃになっていた。僕は壁に向かってひざまずき、言った。「主よ、僕を祝福してください。僕は罪を犯しました。懺悔するのは今回がはじめてです」それからしばらく待った。でも、何も起こらない。そこで反対側の壁に向かって同じことをやった。こんども何も起こらない。だめだ。ぜんぶばれてるんだ。

ちょうどそのときだったと思う。僕は自分の頭くらいの位置に台があるのに気づいた。ほんとはそれは、大人がひじをつくための台だったのだけど、僕は取り乱していたから、そこにきっとひざをつくんだと思ってしまった。その台は高い所にあったし、それほどせり出しているわけでもない。でも僕は木登りが得意だったので難なくそこによじ登った。ただ、登ったはいいけど、そのままそこにいるのはひと苦労だった。何しろ狭い台なので、ひざをつくのがやっと、つかまえられるのは、ちょっと上にある木製の飾りだけだった。これに僕はしがみつき、さっき言ったセリフを、もう少し大きめの声で繰り返した。すると、やっと反応があった。小窓の引き戸が開けられ、部屋にちょっとだけ光がさした。声があった。「誰かいるのかね」

「はい、神父様」神父様が僕に気づかず、またいなくなってしまうとたいへんなので、僕は慌てて言った。声は飾りの下からする。僕のひざのあたりだった。それで、ぐいっと飾りをつかんで頭を下げていった。若い神父様がびっくりしてこちらを見上げているのと目があった。神父様は一方に頭をかたむけないと、僕が見えなかった。僕も頭をかたむけないと神父様のことが見えない。そのため、僕たちは上下さかさまに対面していた。こんな風にして懺悔するのは何か変だなと僕は思ったけど、僕はそういうことをあれこれ言う立場にはない。

「僕を祝福してください、神父様。僕は罪を犯しました。懺悔するのは今回がはじめてです」僕は息をぜいぜい言わせながら一息にまくしたてた。それから神父様が僕と話しやすくなるように、さらに頭をさげてみた。

「そこでいったい何をやってるんだ?」神父様は怒った声で言った。僕はとにかく礼儀正しくしなきゃいけないという思いから必死に木の飾りにしがみついていたのに、神父様がそんな乱暴な声を出したのがショックだった。僕は思わず手を放し、下に転げ落ち、したたか扉に身体を打ちつけた。気がつくと僕は御堂の廊下に仰向けに転がっていた。懺悔の順番を待っていた人たちは、あんぐりと口を開けて立ち上がっていた。神父様は自分の部屋の扉を開けて出てくると、法帽を持ち上げた。よくわからないけど、すごく怒っているみたいだった。そこへノラが大急ぎで走ってきた。

「まったくもう、このうそつきのトンチキ!」ノラが言った。「こういうことをしでかすに決まってたのよ。こっちこそいい恥よ。ちょっと目を離すとこれなんだから」

僕は防御の構えをとろうと立ち上がりかけたけど、その前に身体を低くしたノラが僕の耳のあたりに平手打ちを食わせてきた。僕ははっとした。あんまりびっくりして泣くのを忘れていたんだ。みんな僕がけがひとつしてないと思ってるかもしれない。一生ものの大けがをしたかもしれないっていうのに。それで僕はわっと泣き出した。

「こらこら」神父様は小声で言い、前よりもっと怒った様子で、ノラを僕から引き離した。「なんてことするんだ、だめだよ」

「だって、神父様、こんな子と一緒に悔悛なんかできません」ノラは泣き出して、恨めしそうに神父様をにらんだ。

「いいから、残りのお祈りをしてきなさい。足りないなら、もっと唱える分をあげるぞ」神父様はそう言うと、僕によしよしと手をあげた。「懺悔をしにきたのかな、ボク」僕は訊かれた。

「そうです」僕はべそをかきながら言った。

「そうか」神父様は親身になってくれた。「きみみたいに大きいのは、きっとたくさん罪を犯したにちがいない。懺悔ははじめて？」

「そうです」僕は答えた。

「それじゃなおさらだ」神父様は重々しい声で言った。「これまでの一生分を懺悔するんだね。今日だけで済むかどうかわからないぞ。とりあえず、ここにいる大人の分が終わるまで待っていなさい。この人たちはそんなに悪いことしてなさそうだろ？　すぐ終わるさ」

「わかりました」僕は気を取り直して言った。

僕はほんとうにほっとした。ノラは神父様のうしろから、あっかんべえをしてきたが、そんなことどうでもよかった。神父様が口を開いた瞬間に、あ、この人はふつうの人よりもずっと賢いなってわかったのだ。あとから考えてみても、僕のこの直感は正しかったと思う。七年間分の懺悔をする人間には、毎週懺悔してる人間よりもたくさん言わなきゃならないことがあるに決まってるんだ。「一生分」とはよく言ったものだ。まったくこの人の言うとおり。まさにそれをやりに来たわけだ。あとは婆さんとか女の子とかに、地獄だ、司教様だ、悔い改めの祈りだとわあわあ騒がせておけばいい。あいつら、そうやって騒ぐしか能がないんだから。僕は自分の良心が痛んでいないか、確かめてみた。祖母さんとのことはたしかにいただけないけど、他はそんなに悪くないじゃないか。

次に懺悔の部屋に入るときには、神父様が自分で僕を導きこみ、神父部屋と信者部屋との間の仕切りをあけたままにしておいてくれた。おかげで僕には、神父様が格子の向こう側に入ってきて座るところが見えた。

「さて、と」神父様が口を開いた。「ふだんはみんなになんて呼ばれてるのかな?」

「ジャッキーです、神父様」僕は答えた。

「で、どうしたのかな、ジャッキー」

「あの神父様」神父様が怒り出さないうちに全部済ませてしまえるかもしれない、と僕は思った。「僕は祖母さん殺害計画を立てました」

神父様はそれを聞くと、一瞬たじろいだようだった。黙ってしまった。

「へえ」しばらくしてやっと、神父様は言った。「それは恐ろしいことだね。どうしてそんなことしようと思ったの」

「神父様」僕は自分がかわいそうな子に思えてきた。「うちの祖母さん、とんでもないんです」

「ほお。そうなの」神父様が言った。「どんな風に?」

「だって、うちの祖母さん、黒ビール飲むんですよ、神父様」母さんの言い方だと、黒ビール飲むなんて地獄に落ちるような罪のはずだった。これを言っておけば神父様が僕の味方になってくれるかもしれない、と僕は期待した。

「へえ」神父様が言った。その様子からして、なかなか効き目があったみたいだ。

「しかもかぎタバコを吸うんです、神父様」僕はさらに言った。

「それはよくないな、ジャッキー。きみの言うのももっともだ」と神父様。

「しかも裸足で歩き回るんです、神父様」僕はわかってくださいとばかりに次々に言った。「それで祖母さんは僕に嫌われていることもわかってるから、ノラにだけは小遣いをあげて、僕にはくれないし、父さんは祖母さんの味方をして僕をぶつし。それである晩僕は祖母さんを殺そうって決めたんです」

「で、殺したあと、死体はどうするつもりだったの?」神父様は興味津々という風に訊いてきた。

「バラバラにして、僕の手押し車に乗せれば運び出せるかなと思いました」

「すごいな、ジャッキー」神父様は言った。「きみはとんでもない子供だよ」

「わかってます、神父様」自分でもそう思っていたところだった。「僕はノラのことも、パンナイフを使って、テーブルの下で殺そうとしたんです。うまくいかなかったけど」

「それはさっききみのことをぶっていた子かな?」

「はい、神父様」

「誰かがいつかパンナイフであいつのことをやっつけてくれるさ。こんどはきっとうまくいく」

神父様は何か意味ありげに言った。「勇気を出さなきゃできないぞ。ここだけの話だけど、きみと同じようにわたしだって殺してやりたいと思っている連中はたくさんいる。だけど、なかなか思い切れないんだ。絞首刑になるのは怖いしね」

「え、そうなんですか、神父様」僕はぐっと興味を惹かれた。僕は絞首刑と聞くとぞくぞくする。

「誰かが絞首刑になるのを実際に見たことありますか？」

「たくさんね」神父様は重々しく言った。「みんなうめき声をあげながら死んでいったよ」

「すげえ」

「酷い死に方さ」神父様は満足そうに言った。「絞首刑になった人の多くは自分のお祖母さんも殺してる。でもみんな、やらなきゃよかったって言ってたぞ」

僕たちは懺悔の部屋で一〇分くらいは話していて、それから教会の外まで神父様が僕を送ってくれた。神父様とお別れするのがほんとうに残念だった。だって、教会で会う人のなかではずばぬけておもしろい人だったから。外に出ると、教会の中が暗かったせいで、太陽の光がまるで洪辺の波みたいに押し寄せてくるように見えた。目がくらくらする。凍りついた静けさがようやく溶けた。路面電車の音を聞くと、僕の気持ちは晴れ晴れとした。もうこれで夜の闇の中で死んで、戻ってきては母さんの布団に焼け焦げの跡をつけるなんてことにはならない。母さんの心配の種をこれ以上増やさなくてすむんだ。

ノラが手すりに腰掛け、僕を待っていた。神父様が一緒なのを見ると、いかにも嫌そうな顔をした。羨ましかったんだ。ノラは神父様に送ってもらったことはないから。

「で」神父様がいなくなってから、ノラは冷たく訊いた。「何を唱えろって？」

「『愛でたし』の祈りを三回唱えろって」僕は答えた。

「『愛でたし』を三回？　それだけ？」ノラは信じられないというように繰り返した。「ちゃんと懺悔しなかったんでしょう」

「ぜんぶ言ったよ」僕は自信満々で言った。

「お祖母さんのこととか、みんな？」

「祖母さんのこととか、みんなさ」

（うちに帰ったら、僕が嘘の懺悔をしたってみんなに言いつけようとしているのがありありだった）

「あたしをパンナイフで襲おうとしたって、ちゃんと言った？」ノラはおもしろくなさそうだった。

「もちろんだよ」

「それで、『愛でたし』を三回唱えるだけ？」

「それだけ」

ノラはどうも腑に落ちないという風に手すりからゆっくり降りた。ノラには、とても理解できないのだ。大通りまでの石段を登っていくとき、僕をうたぐり深い目で見ながら言った。

「何食べてるの？」

「ハッカあめ」

「神父様にもらったの？」

「うん」

「まったくねえ」ノラは悔しそうに声をあげた。「ずるいわ。一生懸命いいことしてもこれなんだから。あんたみたいに悪い子にしてたほうがよっぽどよかったわよ」

解説

フランク・オコナーは、小さい世界を描くのが上手な作家だ。出てくる人間の数は限られている。複雑な出来事がおきるわけでもない。でも、そこに描かれるのは、彼らにとってほんとうに大切なこと、他人には気づかれなくても、本人にとっては一生忘れられないような記念すべきできごとばかりだ。それが慎重にえらばれた言葉で、簡潔に、丁寧に語られる。一字一句読んでも、決して損をしない文章である。

オコナーは本名をマイケル・オドノバンというアイルランドの作家である。アイルランドのチェーホフとも呼ばれ、最近では「フランク・オコナー国際短編賞」というのもできたくらいで、短編小説家としての評価はたいへん高い（ちなみに、村上春樹も二〇〇六年にこの賞を受賞している）。短編作品は二〇〇にも及び、再録の度にオコナーは細かい修正をほどこすのが習慣だったというから、根っからの職人肌なのかもしれない。小説のセッティングはだいたいアイルランドの田舎町。テーマはカトリック信仰と洗礼、出産、結婚、死、内戦などの素材がからむ。必ずしも日本の読者にとって身近な話題とはいえないのだが、読んでみると、たいへん中に入っていきやすい。何しろ語り口が絶妙なのだ。ささっと準備を整え、テンポよく物語を進め、ぐっとツボに入ってくる瞬間を用意している。本格短編小説とでも呼びたくなる、正統派のストーリー・テラーと言っていい。

一九〇三年生まれのオコナーが生きたのは、ヨーロッパではモダニズムの芸術運動が盛んだった時代である。多くの作家が、今まで誰もやったことのない実験的なことをしてやろう、目立ってやろう、文学史に名前を残してやろうと必死だった。みんな理屈っぽいことばかり言っていた。それとくらべると、オコナーは地味だ。基本的に写実的だけれど、執拗に描写を繰り広げるとか、心の闇に深入りするとかということもない。異常人格者が登場することもないし、何より英語が真っ当だ。自分の生きた世界の事情や自分のこだわりに忠実に、どこにでもいるようなふつうの人の、でも、そのどうにもならない「個人的な部分」をあぶり出していく。だから、ああ、そうだよな、とこちらも思う。

ここに収録した「はじめての懺悔」は、タイトルの通り、少年のはじめての懺悔がテーマになっている。懺悔というのはキリスト教の儀式で、信者が神父と面会し、それまでに自分の犯した罪を告白し赦《ゆる》しをもらうというものである（なお、現代日本のキリスト教会では「告解」と呼ぶのがふつうだが、一般には「懺悔」の方が通りがよいと判断し訳語として採用した）。信者の告白を聞いた神父は、罪の内容や大きさに応じて償いの祈りの数を調整することになっている。作中、少年が「愛でたし」を三回唱えろと言われた、というセリフが出てくるが、祈りには「主の祈り」や「愛でたし」などいくつかあって、そのうちのどれを何回唱えるかという指示が神父からあることになっている。

懺悔を行う場所は、だいたい教会の礼拝堂の脇にある。トイレの個室くらいの大きさだ。神父のいる部屋とは格子やカーテンで仕切られ、お互い相手の顔は見えないけれど声は聞こえるようになっている。信者は仕切りの前にひざまずき、ひじ置き台に手を載せて祈る。作品中でジャッキーがよじ登ったのはこの台である。

懺悔の内容は、絶対秘密。神父は誰にも告白の内容を漏らしてはいけない。でも、懺悔の部屋から出てくる信者の顔には、いろいろな表情が浮かんでいるから、「いったい何を告白したのだろう?」と他の信者はいぶかしがったりする。懺悔には、人生の縮図のようなところがある。

キリスト教の中でもカトリックの場合は「幼児洗礼」といって、生まれてすぐ洗礼をすることになっている。その後、教会に通いながら勉強を重ね、あらためて堅信(confirmation)という儀式をおこなって自分の信仰に揺るぎがないことを確認、ここではじめて正式な信者の仲間入りを果たす。この勉強の過程に、はじめての聖体拝領や懺悔も組みこまれている。どちらもカトリック社会においては、大人になるための第一歩だといえる。単にやり方を覚えればいいというものでもないから、子供はみな、はじめてのときはたいへん緊張する。

オコナーには「少年物」の短編がいくつもある。だいたいは本人の体験が生かされているようだ。少年の目線に立つということは、小説世界の窓口にちょっとしたブラインドをかけるということを意味するが、そのブラインドの向こうに、「大人の事情」がすけて見えたりする。一見どたばたコメディ風のストーリー展開の背後に、カトリック教会内部での人間模様や、母や父との関係、神父という存在についてのオコナーの問題意識などがしっかりと組みこまれている。

もちろん、そういう小説はたくさんある。でも、正統派のオコナーはむしろ堂々と「定番」を実行する。牧歌的で、ユーモアがあり、どたばたのパターンを踏襲して楽しませる。だから読者は安心して語り手に身を任せておけばいい。しみじみすればいい。この小説の**しみじみポイント**は間違いなく神父さんだろう。この人、ただ者ではない。でも、少年にはまだ、神父さんのほんとうのことはわかってないのだろうな、とも思わせる。人生はまだ、これからなのだ。

はじめに言ったように、オコナーの世界は小さいから、読者はひとりひとりの人物と深く知り合うことができる。大きいパーティのように、どの人とも五分以上は話していられないということはなく、小さなテーブルを囲んでじっくりと向かい合い、沈黙していた時間も含めてその人を味わうことができる。オコナーの真骨頂は「関係」の描き方なのだ。好きになったり嫌いになったりももちろんあるけれど、憧れたり、恨めしかったり、単に気になったり。人間の主観というのはたいへん身勝手で、あてにならないし、どれが真実なのかもわからない。オコナーはまさにその揺らぎや、混乱や、嘘を描いている。身勝手だけれど、そういうものだよな、とも思わせる。ふむ、と言わせる。

ホームシック産業

ヒューゴー・ハミルトン
田尻芳樹 訳・解説

父親のようにはなりたくない。早くこの国から出て行きたい。アイルランド製品の販売を手がけながら不満をつのらせるわたしは……。

わたしは今都心で働いている。アイルランド関係の製品を作る会社で、国内用と輸出用の両方を扱っている。伝統音楽、アイルランド語教材、ダンス曲集、ブリキの笛、アランセーター——そんな代物一式だ。配送部長のわたしは、こうした製品が全世界に送られていくのを眼の当たりにしている。中国のような遠い所にも、毎日アイルランドを思うホームシックの人々がいる。包み紙を破いて本を取り出し、赤ん坊みたいにアイルランド語をまたしゃべり始める人々。オーストラリアのケアンズのような熱帯では、風変わりな鳥の鳴き声がする暑い中、椰子の木の下に座り、ダンスのCDをかけて、ステップの練習を始める人々がいる——一、二、三、一、二、三。一瞬、全世界がホームシックにかかっているのではないかという気がする。アラスカで、毛皮の下に厚手のアランセーターを着て、小さなブリキの笛を凍えた唇に当てている人々が思い浮かぶ。凍えた指が、おずおずとゆがんだ音を出し、故国の遠い感覚を呼び起こすのだ。

何も大して変化しなかった。ときどき、自分が、生きていたころの父に似ているのではないかという気がする。実際、わたしが彼だったとしても不思議はないだろう。毎朝電車に乗り、新聞を手に座る。車両内には、同じ人々、同じ種類の顔ぶれ、同じ沈黙、お互いを避ける同じ視線がある。会社に着くと、夢見心地になり、遠い場所へ漂っていく。

そうやって世代から世代へ、父から息子へと世界は無限に続いていくもんだ、と人は言うだろう。父の場所にわたしがぴったり収まったところだと思うだろう。ああ、あいつが来た、いつものブリーフケースの代わりに、新しくてかっこいいショルダーバッグを持っているけど。また人は言うかもしれない、やつは若く見えるけれど、靴と髪、若者らしい威張った感じ、それから親父と違って眼鏡をかけていないという点を除いては、まったく何も変わっていない、と。わたしのおでこ、手、微笑みは父のものと同じだ。経歴も同じで、要するにあらゆる点でわたしは父になったのだ。そうなりたくないといつも願っていたのに。

わたしはいつも父に似ることを拒んできた。違うようになりたい、旅をしたい、どこの出身か忘れたいと思ったのだ。でも、あんまりがんばると、かえって知らぬ間に同じものになってしまうこともある。他のみんなと同じように、ついには歌声に屈服してしまう。戦っている相手に自分がなってしまうこともあるのだ。

たぶんそれでわたしは配送部長になったのだろう。帰属しないということがどういうことかわかっていると思われたのだ。自分ではずっと抵抗してきたにもかかわらず、わたしが父から何かを受け継いでいると思われたのだ。

ある日、社長が上の階にある自室にわたしを呼びつけ、一体どうしたのかと問い詰める。多くの点で彼は父にそっくりだ。眼にはあのノスタルジアが浮かんでいる。しゃべるときにあごが震える。ピンクのシャツを着た彼は、点滅しては消えてしまうデスクの電灯《ライト》をペンでたたいて点《とも》し続けねばならない。電灯のアーチ型の光の下から、彼は不満そうにわたしを見る。単に金のために仕事をやってるんじゃあるまいね、と言うので、わたしは笑う。

「どういう意味なんだ」

「はあ？」

「その笑いだよ」

「何も」とわたしは答える。

「きみは笑ったんだ。お金のためだけに仕事をしてるんじゃないだろうねと言ったら、きみは笑ったんだよ。何がおかしいんだ？」

「笑うつもりはありませんでした」

彼にはそんなことよりも実質的な用件がある。オーダーしたトラックがビルの正面に到着した。奥の部屋にある品物をトラックに積んで、部屋を空にしないといけない。その部屋はアイルランド西部から来る新しいニットウェアーを保管するために使われる。女たちが何週間もかけて編んだセーターがじきに到着し、たいていは輸出されていく。夏に来る旅行者たちが買うし、空港の店、そのほか首都周辺のさまざまな直販店へも行く。その間、保管用のスペースが必要だ。彼は、ニットウェアーの流通を合理化して、できるだけ短期間で生産者から消費者に品物が回るようにしたいと考えている。

だが、今、問題が生じている。社長は、わたしが部下と一緒にそこへ行って、埃をかぶった書類や印刷関係のごみを全部トラックに積み込むものと思っているのだ。緊急事態だと彼は言う。危機的状況なんだと主張する。バイクに乗った警官がもう受付に来て、いつまでかかるんだと尋ねたらしい。トラックが道路の一車線を丸ごと占領してしまっているせいだ。ところが、わたしはそんな仕事はお断りだ。それはわたしの義務ではない。トラックに積荷をするよう命令などされたくない。トラックなんかわたしの責任ではない。

そこでまた部屋に呼ばれ、デスク越しに社長を見つめているわけだ。この男は同じピンクのシャツを毎日着ているのか、それともあんまり気に入ったから一箇所で百着のピンクのシャツを買ったのか、どちらかだろう。わたしの顔がよく見えないため、彼はまたデスクの電灯をいじくる。まるで自分を尋問しているかのように、眼をくらませてしまったのだ。

「仕事が怖いのか?」

「わたしは肉体労働者ではないですよ」

彼は笑うと顔をしかめる。怒っているべきときに彼は笑う。何がおかしいのか聞いてみたいが、相手はすでにデスクの上にかがみ、わたしをじっと見すえている。

「きみが自分の姿を見られたらなあ」

彼は微笑む。デスクをポンとたたき、窓の外を見る。そして向き直って、首を振り始める。

「鏡があればいいんだが。きみが自分の姿を見られるように」

わたしは拒絶そのもののように立ったままだ。

突然、彼はデスクの上の夕刊に眼をやって、星座は何かと聞いてくる。が、わたしはこの新しいゲームに加わるのを拒否する。

「きみの誕生日は今月だったよな?」

わたしは答えない。こういう馴れ合いのためのトリックは知っている。

「山羊座だな?」

そう言って、夕刊の小さな占星術欄を読み上げる。「今週終わりにあなたの社交生活は劇的に向上するでしょう」

「もう行っていいですか?」

彼は微笑み、友達としてわたしにアピールしようとする。ちょっと困ってるんだ。今回だけでいいから頼むよ。もうこんなことは二度と頼まないから。今回は外の交通のことで、まったくの緊急事態なんだ。こういうのはわたしだっていやなんだが、なにしろ警官がまた来て、トラックを移動させろと言っているんだ。

「お断りします」

「頼む」と、彼はせがむ。「今度だけだ」

「こういう仕事は誰か他の人にやってもらってください」

するとデスク越しに、今までより長いことわたしをにらみつけてくる。失望しているのがわかる。戦略を変え、道義的責任、義務、献身、怠慢などを持ち出してくる。

「アナーキーか？」彼は突然叫ぶ。「きみが求めているのはアナーキーなのか？」

こうして政治の議論になる。もっと公正で社会主義的な社会、より公平な、アイルランド語を話す国について彼は話す。まくし立てる。誰も他人以上の私有財産を持たないブラスケット諸島のような国がいいんだ。

「誰も私有財産を一切持たない、でしょ」と、わたしは言う。

彼は身を乗り出して説明する。昔、大ブラスケット島で船の遭難があって、島の男の子たちが新品の腕時計が詰まった箱を見つけた。自分たちで独占しようとして、洞穴にそれを隠したんだけれど、彼らは、ものを所有すること、個人で私有することに慣れていなかったから、結局みんなに分けてやった。それで、島民全員が腕時計をはめることになった。彼らにそんなものは必要なかったし、そもそも島の誰も時間の観念なんか持っていなかったのにね。

彼は今度こそデスクの電灯を完全に直そうとする。結局、ほしいのは社会主義などではなく民主主義なんだと、彼は言う。民主主義とは、ランクや地位にかかわらず、みんなが自分の職分を果たすということさ。バスの乗客がバス代を払うのと同じ。

「民主主義ってそういうもんだよ。人が自分の国を尊敬して、おたがいのために働く」

突然、彼はうろたえる。電灯のかさに手を触れてやけどしたのだ。怒って椅子から立ち上がり、手首をそこらじゅう振り回す。窓の外で、空のトラックの前を車がみな迂回して通っていくのを見て、ようやく、なぜわたしがこの部屋に呼ばれたのかを思い出す。わたしたちがアイルランドの問題の解決を議論している間、まだトラックには一つの荷物も積まれていない。

「わたしがやるから、ついて来い」

わたしは彼のあとについて、四階から延々と階段を下りる。ビルの裏手の部屋まで、人とすれ違っても何も言わずに下りる。彼はネクタイをはずしてポケットに入れる。ピンクのシャツの袖をまくり、古い書類、印刷用資材、インクケースなどのごみを両手に持ち上げる。そして通りへ出て、ガラクタを運んでトラックへ投げ入れる。わたしは何に触るのも拒否し、立ったまま傍観する。彼は何も言わない。彼の手は真っ黒だ。ピンクのシャツは灰色になり、顔についた古いインクが黒い筋になっている。汗をかいて息を切らしている。

とうとうわたしも加わり、一緒にガラクタを運び始める。黙ったままの共同作業。わたしは彼とぴったり同じだけの分量を運ぶようにする。しまいにトラックがいっぱいになり、わたしたちは別れる。彼は上の階の部屋に、わたしは地下の配送部の部屋に戻る。彼は勝ち誇ったような表情は見せない。わたしにとどめを刺したりはしない。わたしが傷つき、また敗北したことを彼は理解している。

数分後、電話が鳴る。受話器を取って、待つ。何も聞こえない。二人とも黙って、お互いに聞き耳を立てている。とうとう彼が言う。

「埋め合わせはするよ」

だが、わたしはすっかり忘れてしまっていた。次の日にはもう意識の外。アランセーターが大きな箱で到着し始める。もっと大口の入荷品もこちらに向かっている。入ってくる注文に追いまくられ、需要についていくのもままならない。ニットウェアーが地球上のさまざまな宛先へ出荷されていく、カナダ、アメリカ、フランス、デンマーク、なんとイタリアにも。

しばらくたったある日、わたしの誕生日が来る。社長は、約束を忘れていないことを示したい。義理がたい男で、午後にはプレゼントを持って下りてくる。彼と秘書とそのほか配送部の二、三人が、青い紙に包まれた大きな品物をわたしの部屋まで持って来て、わたしを取り囲む。彼らは拍手して、アイルランド語で言う。

「誕生日オメデトウ」プレゼントをわたしにくれながら、にっこり笑う。

彼らはわたしが包みを開けるのを待っているが、わたしはこの親切に驚いて、青い紙を見つめたままだ。

「ありがとう」

「開けないのかい？」と、社長が言う。

そこで包みを開け始める。見る前からにおいで中身がわかる。粗い羊毛のおなじみのにおいを間違えるはずがない。わたしが海外の多くの人に送ってきた手編みのイニスフリー・アランセーターだ。いまや、そのうちの一つが、誕生日プレゼントとしてわたしの元に戻ってきたわけだ。

環状の襟の付いた、大きくて茶色で縄編みのアランセーター。

「こんなことしてもらわなくてもよかったのに」と、わたしは口ごもる。

一瞬、これはひどいいたずらではないかと疑うが、彼らはみないたって真剣である。

「着てみるかい？」社長が聞く。

そこでわたしは何度もお礼を言い、礼儀上、着てみせる。脂っこい羊毛のにおいがたちこめ、急に息が詰まる。子供のころ、こういう大きなセーターを着たものだ。父が買ってくれたのだ。父は自分でも着ていた。気分が悪くなったわたしは、もう考えている、これをどう処分しようか、置きっぱなしにしたのを気づかれずにビルを出るにはどうしたらいいか。彼らがようやく立ち去ると、しばらく待ってから、セーターを脱いでプラスチックの包みに戻す。そして、世界中のあらゆるところへ出て行こうとしているほかのセーターと一緒にする。何日かしたら、それもスペインへ、マドリッドのどこかの宛先へと出て行くのだ。

解説

ヒューゴー・ハミルトンは、一九五三年、ダブリン近郊ダン・レアリーで、ドイツ人の母とアイルランド人の父の間に生まれた。家庭では、父とアイルランド語（ゲール語）で、母とドイツ語で話し、学校では英語を習った。この多言語的、多文化的状況と、そこから来るアイデンティティの分裂が多くの彼の作品のテーマになっている。ジャーナリストとして働き、一九九〇年に『代用都市』で作家としてデビュー、最近（二〇〇三年）の作品にアイデンティティの分裂に悩んだ少年時代の回想録『まだらの人々』がある。

一九二二年までアイルランドはイギリスの植民地であり、何世紀にもわたって政治的文化的な支配と抑圧を受けてきた。ケルト系の言語ゲール語も、英語に圧倒されてすっかりすたれてしまい、社会のごく周縁部で残っているに過ぎない。しかし、ハミルトン自身の父やこの作品に出てくる社長のように、イギリスの支配、英語の支配に抵抗して、ケルト民族の文化アイデンティティを称揚しようとする粘り強いナショナリストもいる。アランセーターの原産地アラン諸島（アイルランド西部）は、劇作家J・M・シングが二〇世紀の初めにここで生活し、伝統文化に開眼したことで知られる、象徴的な場所である。また同じく西部にあるブラスケット諸島では、一九五三年（くしくもハミルトンが生まれた年）まで、伝統文化を純粋に保存しゲール語のみを話す人たちが住んでいた。だから、社長のような人物がここに理想郷を見るのも不思議ではない。

この作品の語り手は、こういう文化的アイデンティティの希求を冷めた目で見ている。アイルランド文化は産業になってしまっている。また、父のようでありたくない、アイルランドから出たいという気持ちが、ますます彼をアイルランド的にし、父に似せてしまうというパラドックスに彼はとらわれていて、そこに、何も変化しないというやりきれない停滞感が張り付いている。アイルランドに帰属しないようにすることが、とりもなおさずアイルランド的伝統への帰属になってしまうというパラドックス。これは、若いときにアイルランドを捨ててヨーロッパを放浪しながら、ダブリンを描き続けたジェイムズ・ジョイスにも見られる問題で、故国に愛想を尽かして世界各地に散った多くのアイルランド人が共有するものだろう。

この作品は、こうしたナショナルなレベルでの問題を小さな具体的状況の中でアレゴリカルに表現している。語り手が伝統文化を尊重する社長の要求を拒否しきれないのは、伝統から離脱することの難しさの暗示だろう。さらに、あろうことか、その社長のせいで、語り手が毎日全世界に送り出しているアランセーターが誕生日プレゼントとして彼の手元に戻ってきてむかしてしまう。アイルランド性の拡散が、アイルランド性の回帰に結びついてしまうのを、このように苦く滑稽なアイロニーで描くのがこれまたなんともアイルランド的というほかない。

Acknowledgements

"Perhaps You Should Talk to Someone" by Beryl Bainbridge
"Perhaps You Should Talk to Someone" as part of the story collection,
MUM AND MR ARMITAGE, by Beryl Bainbridge (Gerald Duckworth 1985)
© 1985 Beryl Bainbridge
Permission obtained from the author c/o Johnson & Alcock Ltd.
through The English Agency (Japan) Ltd.

"The Rug" by Edna O'Brien
Copyright © 1968 by Edna O'Brien

"The Wrong Vocation" by Moy McCrory
Copyright © Moy McCrory, 1990 is reproduced by permission of
Sheil Land Associates Ltd on behalf on Moy McCrory.

"Clearances" by Seamus Heaney
Taken from *The Haw Lantern*, Copyright © 1987 by Seamus Heaney,
is reproduced by permission of Faber and Faber Ltd.
『シェイマス・ヒーニー全詩集』（国文社、1995年）所収の「サンザシ提灯」（村田辰夫・坂本完春・杉野徹・薬師川虹一訳）初出

"A Family Supper" by Kazuo Ishiguro
© 1982 Kazuo Ishiguro. Reproduced by permission of the author c/o Rogers,
Coleridge & White Ltd., 20 Powis Mews, London W11 1JN.
『イギリスIV　集英社ギャラリー【世界の文学】5』（集英社、1990年）所収の「夕餉」（出淵博訳）初出

"Called", from *AGAINST LOVE POETRY: POEMS* by Evan Boland.
Copyright © 2001 by Evan Boland. Used by permission of W. W. Norton &
Company, Inc.

"The Parcel" and "Suburban" by Evan Boland, published in 'Collected Poems' by
Evan Boland (Carcanet, 1995) are reprinted by permission of Carcanet Press
Limited.

訳者紹介

阿部公彦　あべ・まさひこ
1966年生まれ。東京大学 文学部 教授。
著書に『名作をいじる――「らくがき式」で読む最初の1ページ』（立東舎）、『英詩のわかり方』（研究社）、『文学を〈凝視する〉』（岩波書店）、『幼さという戦略――「かわいい」と成熟の物語作法』（朝日新聞出版）、『史上最悪の英語政策――ウソだらけの「4技能」看板』（ひつじ書房）など。

岩田美喜　いわた・みき
1973年生まれ。立教大学 文学部 教授。
著書に『ライオンとハムレット――W・B・イェイツ演劇作品の研究』（松柏社）、『兄弟喧嘩のイギリス・アイルランド演劇』（松柏社）、『イギリス文学と映画』（共編著、三修社）など。

遠藤不比人　えんどう・ふひと
1961年生まれ。成蹊大学 文学部 教授。
著書に『死の欲動とモダニズム――イギリス戦間期の文学と精神分析』（慶應義塾大学出版会）、『情動とモダニティ――英米文学／精神分析／批評理論』（彩流社）、*Knots: Post-Lacanian Psychoanalysis, Literature and Film*（Routledge、分担執筆）、訳書にトッド・デュフレーヌ『〈死の欲動〉と現代思想』（みすず書房）、ジョージ・マカーリ『心の革命――精神分析の創造』（みすず書房）など。

片山亜紀　かたやま・あき
1969年生まれ。獨協大学 外国語学部 教授。
訳書にヴァージニア・ウルフ『自分ひとりの部屋』『三ギニー――戦争を阻止するために』『幕間』（以上すべて平凡社ライブラリー）、『ある協会』（エトセトラブックス）など。

田尻芳樹　たじり・よしき
1964年生まれ。東京大学大学院 総合文化研究科 教授。
著書に*Samuel Beckett and the Prosthetic Body*（Palgrave Macmillan）、『ベケットとその仲間たち――クッツェーから埴谷雄高まで』（論創社）、共編著に *Samuel Beckett and Pain*（Rodopi）、*Samuel Beckett and Trauma*（Manchester UP）、『カズオ・イシグロ『わたしを離さないで』を読む』（水声社）など。

田村斉敏　たむら・まさとし
1965年生まれ。東京工業大学 リベラルアーツ研究教育院 教授。
「Robert Graves, "To Juan at the Winter Solstice"――「正しい」詩についての試（詩）論」（『英語青年』2004年6月号）「御輿員三とReuben Brower――Paul de Manを介して御輿を「精読」する」（『英語青年』2006年10月号、研究社）、翻訳にマーティン・ジェイ「イデオロギーとしての「美学的イデオロギー」：政治の美学化とはどういうことか？」（『批評空間』1994年7月、太田出版）など。

しみじみ読むイギリス・アイルランド文学

現代文学短編作品集

2007年 6月20日　初版第1刷発行
2020年12月20日　初版第2刷発行

編者 ■ 阿部 公彦

訳者 ■ 岩田美喜／遠藤不比人／片山亜紀／田尻芳樹／田村斉敏

発行者 ■ 森 信久

発行所 ■ 株式会社 松柏社

〒102-0072　東京都千代田区飯田橋 1-6-1

電話 03-3230-4813 (代表)　ファックス 03-3230-4857

装画 ■ 佐々木悟郎

装幀 ■ 伊藤弘通 (sPeaks)

印刷・製本 ■ モリモト印刷株式会社

ISBN978-4-7754-0137-8